LIGADAS & ANTENADAS

INÊS STANISIERE

LIGADAS & ANTENADAS

galera
RECORD

Rio de Janeiro | 2009

CIP-BRASIL. CATALOGAÇÃO-NA-FONTE
SINDICATO NACIONAL DOS EDITORES DE LIVROS, RJ

S789l

Stanisiere, Inês
   Ligadas e antenadas / Inês Stanisieri; [ilustração André Amaral]. – Rio de Janeiro: Galera Record, 2009.

   ISBN 978-85-01-08602-0

   1. Literatura infanto-juvenil. I. Título.

09-3995   CDD: 028.5
                   CDU: 087.5

Copyright © Inês Stanisieri, 2009

Todos os direitos reservados.
Proibida a reprodução, no todo ou
em parte, através de quaisquer meios.
Os direitos morais da autora foram assegurados.

Capa e design de miolo: Tita Nigrí
Aquarelas e ilustrações de miolo: André Amaral
Assistente de design: Bárbara Coelho

Direitos exclusivos desta edição reservados pela
EDITORA RECORD LTDA.
Rua Argentina 171 - Rio de Janeiro, RJ – 20921-380 – Tel.: 2585-2000

Impresso no Brasil

ISBN 978-85-01-08602-0

PEDIDOS PELO REEMBOLSO POSTAL
Caixa Postal 23.052 – Rio de Janeiro, RJ – 20922-970

À querida Guiomar de Grammont, doce de pessoa, cuja sensibilidade transborda ao mundo sempre de forma generosa.

Às fofas Anas, da Record: Ana Paula Costa e Ana Lima, minhas editoras sempre ligadas e antenadas que me deram as mãos nesta viagem.

À minha amiga Fabiana Gabriel, com quem vivi momentos hilários durante férias, quando voltamos a ser duas crianças que riam sem motivo todos os dias. Se eu fosse a Sophy na vida real, certamente ela seria a Lu!! Não é, Fabi????

E às minhas leitoras muito amadas, que fazem a minha vida feliz todos os dias, a quem eu só tenho a agradecer!!!

INTRODUÇÃO

Finalmente!!

Nossa viagem foi tão incrível, mas tão incrível que resolvemos escrever uma espécie de diário de bordo contando tudo. Vocês nem imaginam!

Aí, lembramos das pessoas que conhecemos, com quem convivemos, fizemos amizade... e pedimos a elas para escreverem uma rápida introdução, além do papai e da mamãe, que sempre se metem mesmo!

Na verdade, não era para escreverem sobre nós, e sim sobre a Tailândia, esse país do outro lado do mundo, que vale a pena visitar.

Mas ficamos bem felizes com os depoimentos, porque, se me lembro bem, nem sempre conseguimos estabelecer uma relação pacífica logo de cara com eles.

Muito pelo contrário, né, Sophy? O que a gente causou de problemas e de gafes até entrar no espírito dessa civilização foi um pouco exagerado, não?

Vamos pular essa parte, senão as pessoas vão se assustar, Lu.

Aliás, é bom dizer que editamos nossas anotações. Só deixamos as melhores partes para o livro não ficar chato, tipo um relatório mala de cada dia, sempre com as mesmas coisas: "Hoje eu acordei, fui à escola, almocei, fiz o dever..." Não, isso nós cortamos geral.

É, só tipo os melhores (e piores) momentos!!!

Então, boa viagem! E divirtam-se!!!

O PROF. DE MUAY THAI
Rõhk Poo Utai

Na primeira vez que essas duas apareceram na academia duvidei que fossem conseguir. Pensei que eram mais duas turistas, como quaiquer outras, visitando as instalações, querendo saber mais sobre a arte milenar do Muay Thai, mais conhecida como a Arte dos Oito Membros. Com o passar do tempo, e principalmente devido à insistência delas (dia sim, dia não elas vinham me pedir), acabei concordando em dar aulas para as duas estrangeiras. A primeira lição que ensinei a elas foi entender que o Muay Thai, muito mais que uma luta, é uma filosofia de vida, com regras e hierarquias a se respeitar, e que exige uma postura de retidão diante dos obstáculos. Aluno meu que é pego em briga de rua é expulso daqui na hora.

Sofia demorou mais a aprender os golpes. Ela é mais tímida e só fica satisfeita quando domina os movimentos com total perfeição. Já Luiza sempre foi mais atirada, gostava de experimentar tudo, me perguntava sobre novos golpes, queria desafiar os meninos mais velhos, tinha pressa em aprender...

Dei aula para elas durante seis meses. Aprendi muitas coisas, mas o que posso dizer com toda a certeza é que essas meninas não são nada fáceis! Não quero nem imaginar se alguém provocá-las aí no Brasil. Elas mudaram bastante e chegaram à faixa vermelha muito rápido.

A TUTORA
Luh Lai

Quando o Dr. Mansur me confiou a difícil tarefa de ser tutora das gêmeas dele, não aceitei. Disse não. Ora, nunca cuidei de menina dessa idade, não sabia como a mãe tinha educado, não conhecia nada desse tal Brasil, não tenho temperamento para aturar malcriação... Então como ia ser? Um desastre. Precisou o Dr. Mansur conversar comigo durante muito tempo pra me convencer dessa tarefa. Disse que eu era quase da família e que ele não iria deixar as filhas com qualquer um não. Aí, me lembrei das minhas filhas, do que é isso de ficar tranquila porque elas estão bem, e concordei.

Chegou o dia que elas vieram com as malas de uma vez. Lindas, lindas. Sorridentes, falantes, cansadas... Gostei daquelas lourinhas na hora. A sorte é que eu falava inglês também, então a gente conseguia se entender e eu podia traduzir tudo que elas quisessem saber.

O Dr. Mansur me disse para ficar com elas 24 horas por dia, na chuva e no sol, nos momentos livres e nos ocupados também. Não vou falar da vez em que as pestinhas me largaram no centro de Bangkok e saíram correndo para um tuk-tuk, porque não vale a pena. Agora, se elas tavam pensando que eu ia dar moleza, ah, não mesmo! Ordens expressas do Dr. Mansur.

E tinha ainda o Bpra, só que dele elas não sabiam (e nunca souberam). O Dr. Mansur contratou os serviços dele para vigiar as gêmeas dia e noite, seguir todos os passos delas e entregar um relatório detalhado toda semana. Ele queria saber tudo: aonde iam, com quem falavam, quem se aproximavam delas... Segurança máxima. Ele me dizia que se acontecesse alguma coisa com aquelas meninas aqui nunca ia se perdoar, nem a mãe delas. Luiza e Sofia não falavam thai, e com as ruas esquisitas e confusas daqui ele achava que para elas se perderem era muito fácil. Taí, homem bom mesmo esse Dr. Mansur!

O SEGURANÇA SECRETO
Bpra Shát

Fui contratado para evitar que as gêmeas Luiza e Sofia se perdessem, sumissem, desaparecessem, fossem enganadas, sequestradas, vítimas de atentados de qualquer espécie ou mesmo morressem. Mais não posso falar. Aliás, não devia nem aparecer aqui. Sigilo total.

O MONGE — Vragananda Sri Rinpoche

O budismo, assim como todas as religiões, brota do coração. Não adianta forçar, explicar ou impor. Muito pelo contrário, a gentileza consigo mesmo é um grande instrumento de mudança.

Luiza e Sofia começaram a vir ao Templo do Grande Buda Azul quase por diversão. Achavam tudo muito bonito, gostavam de ver os monges para lá e para cá, os incensos, as velas... Sempre estavam aqui. Achei que era um sinal, pois não é nada comum ver meninas dessa idade se interessarem por nossa filosofia. Pois bem, depois de muitas semanas, um dia resolvi abordá-las e perguntar se queriam conhecer mais a fundo os ensinamentos de Buda e experimentar a meditação. Luiza decidiu-se na hora. Sofia ficou um pouco confusa, tinha medo de me decepcionar, não conseguir ficar em silêncio... Bobagem. Para meditar, basta apenas querer, e não existe um tempo predeterminado, principalmente para os novatos.

Não posso dizer que foram as alunas mais aplicadas que tive, nem as mais quietas, mas com certeza foi um prazer imenso vê-las no templo reverenciando Buda de verdade e aprendendo a meditar, cada dia um pouquinho mais.

Aqui, na Tailândia, as portas do espírito estão abertas para quem quiser conhecê-lo melhor.

A MÃE – Belisa

Luiza e Sofia nasceram de parto normal, mas precisei fazer inseminação para conseguir engravidar. São gêmeas, mas não idênticas, e o dia em que descobriram isso foi uma decepção total em casa. Porque uma achava a outra mais bonita, mais isso ou mais aquilo. Depois, se entenderam e nunca mais se falou nisso. Dar de mamar, trocar fraldas e amar em dobro foi uma experiência e tanto para mim.

Luiza sempre foi mais emocional e criativa, enquanto Sofia gosta de ter razão, mostrar argumentos e fatos concretos. Acho as duas maravilhosas e penso que ter filhas assim, tão diferentes, tão amigas e tão unidas é o maior presente que qualquer mãe poderia receber.

Quando elas tinham 5 anos, eu e o Mansur nos separamos. A nossa relação estava muito desgastada, não havia mais sentido em ficarmos juntos. Mansur saiu pelo mundo abrindo negócios em países exóticos, numa quantidade quase tão impressionante quanto sua coleção de mulheres. Eu sou ceramista, vivo da minha arte, tenho meu ateliê recomendado nas melhores revistas do mundo e também levo bem minha vida. Hoje, namoro o Laurentino, dono de galerias em São Paulo. Não é porque me separei que a minha vida acabou. E troco de namorado quantas vezes precisar para estar sempre feliz. Luiza e Sofia já estão bem grandinhas para entenderem isso.

Aliás, minhas filhas são o retrato do mundo moderno. Vivem na internet pesquisando tudo e mais alguma coisa. É claro que às vezes me ajudam a encontrar soluções, endereços e telefones com um simples click. Mas isso de querer ir para a Tailândia passar seis meses com o pai foi demais! Como duas crianças de 12 anos poderiam se virar num país caótico daqueles? E se se perdessem? E se um tsunami surgisse outra vez? E se o avião caísse??

Foram semanas difíceis de negociação. Mas, por fim, acabei cedendo, pois Mansur me deu todas as garantias e se comprometeu que nada aconteceria às nossas filhas. E sabem do que mais? Foi a melhor coisa que deixei elas fazerem. Voltaram mais fortes, mais independentes, mais conscientes do mundo e das diferenças... Sem dúvida, essa viagem fez um bem danado às minhas pequenas.

O PAI - Mansur

Depois que me separei da Belisa, passei um bom tempo no Egito, onde me casei outra vez. O casamento durou três anos. Depois, me apaixonei pela Henoira, uma grega charmosa e divertida. Só fui conhecer a Mee há cinco anos, numa viagem de negócios à Tailândia. Quando a vi dançando sob aquela luz, tive certeza: essa mulher vai ser minha! E não é que foi isso mesmo? Namoramos e casamos em um mês.

Sempre gostei de viajar pelo mundo e arriscar novos negócios. Minha fortuna vem principalmente da produção e venda de pérolas. Quanto mais raras, mais valiosas são, como as pérolas negras. Com Mee sou muito feliz. Ela tem dez anos a menos do que eu, mas isso nunca foi problema entre nós.

Até este ano, via as minhas filhas apenas três vezes por ano, quando ia ao Brasil visitá-las. Dinheiro nunca foi problema, sempre enviei uma ajuda todos os meses para o conforto delas, mas não posso afirmar que sou exatamente amigo de Belisa. Temos uma relação cordial por causa das meninas, e isso basta.

Quando ela me ligou para contar a ideia da temporada aqui, quase não pude me conter. Era tudo que sempre quis. Fiz de tudo para convencer Belisa de que não havia risco algum e para mostrar a ela o quanto a viagem poderia ser enriquecedora para as meninas. Deu certo! Passamos meses inesquecíveis e o convívio tão próximo de Luiza e Sofia por tanto tempo foi profundamente transformador para todos nós. Elas deixaram muitas saudades.

Sou muito respeitado e admirado aqui, todos me conhecem e, aonde quer que as meninas fossem, tinha sempre um conhecido meu de olho nelas. Foi gratificante saber que vivemos tantas coisas juntos e que nunca mais estes dias serão esquecidos.

MEE TEUNG ROT — a mulher do pai

Quando as branquelas chegaram aqui foi bem estranho. Nós ficamos nos olhando de alto a baixo durante muito tempo. Acho que elas não esperavam que eu fosse assim, do jeito que sou. Também ficaram incomodadas com o fato de eu ter duas filhas grandes, uma de 18 e outra de 20 anos, e da nossa família toda morar aqui, com o pai delas. Aqui na Tailândia, a família é um valor máximo. E faz parte da nossa tradição, quando há condições financeiras, todos morarem juntos na mesma casa.

Não foi fácil ficar amiga das gêmeas. Elas vieram com muitos preconceitos, e de nariz torcido para tudo que era diferente do mundo ocidental. Não falavam com meus irmãos, com o papai... Foi muito difícil romper essa parede. Mas, no final, conseguimos aprender e trocar muitas coisas das duas culturas, e agora são minhas filhas que querem ir ao Brasil.

GEORGE — o fofo da Sophy

Sou inglês, filho de pais diplomatas, e conheci Sofia na escola de estrangeiros de Bangkok. Lá é o único lugar onde se pode ter aulas em inglês e thai ao mesmo tempo, e as professoras têm atenção dobrada para não deixar ninguém para trás.

Sofia é uma garota especial, e eu percebi isso de cara. Interessada, inteligente, bonita e um pouco tímida. Não sei se foi porque tinha chegado havia pouco tempo ou se foi seu jeito mais reservado, só sei que me tornei seu melhor amigo. Tudo que eu sabia ensinava pra ela: palavras difíceis, frases-chave, dicas para ela não se deixar enganar pelos malandros locais, como ler os mapas das ruas...

Aos poucos, foi nascendo um sentimento maior entre nós, até o dia em que demos nosso primeiro beijo. Pena que depois ela voltou pra casa. Eu continuo aqui. Só vamos voltar para a Inglaterra dentro de dois anos, mas falo com a Sofia toda semana no MSN.

Krup Mót Piha - O FOFO DA LU

Luiza é como eu: livre no espírito. Nos conhecemos na escola do Mestre Rõhk. Ela ficava me chamando para lutar toda hora. Gostava de me desafiar. O pior é que muitas vezes a esperta me ganhava na moral. Depois de um tempo, começamos a lanchar juntos depois do treino, conversar mais sobre nossas famílias... Luiza sempre ficou impressionada como a minha vida era diferente da dela, mas nem por isso me julgou ou se afastou de mim.

Eu preciso trabalhar para ajudar em casa. Luiza tem pai rico. Mas era bom estar perto dela. Nosso primeiro beijo quase não aconteceu porque a tutora dela chegou bem na hora e nos pegou.

Meu maior medo era confundir a Luiza com a irmã gêmea dela. Não sei... Se um dia elas resolvessem brincar e tirar onda com a minha cara... Mas isso nunca aconteceu. As duas são garotas direitas... e, depois também... qual seria o sentido de me enganarem, e uma se fazer passar pela outra?

Nunca fui à casa da Luiza, porque ela disse que o pai dela não ia gostar de saber. Tudo bem, eu entendi. No dia que ela foi embora, eu dei uma foto minha de quimono, para ela nunca mais se esquecer do seu Krup. Eu quero me casar com ela. É a mulher da minha vida e vou esperar ela voltar. Um dia, ela vem. Tenho certeza. Somos almas que se reencontraram.

A ideia genial de Sofia

23 de julho – 23 horas: hora de ter ideias e não dormir!

Lu, tive uma ideia incrível!!!

Se for mais uma daquelas suas, me poupe! Tô de saco cheio de tudo, há tempos. E sem paciência para as suas ideias génis! Só de pensar que nossas férias acabam em uma semana, deprimi geral.

Não! Você não entendeu! É uma ideia in-cri-vel-men-te genial!

Sei. Tô me coçando para ouvir. Mal posso esperar!

Luiza! Larga essa revista e vem aqui que vou te mostrar uma coisa.

Depois.

Não, agora!

Ai, tá bom. O que é?

Tá vendo este lugar aqui?

Tô. E daí?

Como e daí? Você ainda não entendeu?

Entendeu o quê? Ah, não. Se for para você se vangloriar outra vez da sua espetacular inteligência e capacidade de fazer associações...

Para! Não é nada disso! Isto aqui é a Tailândia...

Dã. Isso tá escrito. E daí?

E daí que é lá que o papai mora, e a gente podia muito bem ir passar uma temporada com ele.

(silêncio)

Sophyyyyyy, você é géni!!!!!! Meu Deus, é a solução de todos os nossos problemas, ir embora, para um país novo... Igual às meninas que fazem intercâmbio e vão para os Estados Unidos, ficam na casa de uma família... Sophyyyy, você às vezes realmente me impressiona com sua sagacidade.... Eu ADOREI a ideia. Vamos quando? Amanhã?

Calma, Lu. Precisamos convencer a mamãe, e só temos uma semana até as aulas começarem.

Vamos falar com ela agora.

Calma. Primeiro precisamos saber o que o papai acha disso.

Claro, claro, você tem toda a razão. Desculpe. Vamos seguir seu plano.

Vamos escrever um e-mail pra ele.

> Papai,
> estamos muito cansadas de tudo aqui há muito tempo e pensamos em passar uma temporada de seis meses com você aí, na Tailândia. O que você acha? Você nos ajudaria também a convencer a mamãe? Responde logo. Queremos ir antes das aulas começarem.
>
> Beijos da Lu e da So

Mandou muito bem. Isso, seis meses direto.

Agora, vamos esperar a resposta dele.

★ ★ ★

**24 de julho – manhã
10 horas: hora de acordar, porque a mamãe não deixa dormir mais, mesmo sendo férias!**

O papai respondeu. Aqui ó.

Deixa eu ver, Lu.

▶ ENTRADA
▶ SAÍDA
▶ RASCUNHOS
▶ ENVIADOS
▶ APAGADOS
▶ SPAM
▶ GRUPOS

RESPONDER

Filhas amadas,
vocês não sabem como fiquei feliz com o e-mail que mandaram! Vocês são bem-vindas a qualquer hora e a qualquer tempo. Minha casa é de vocês. Não se preocupem que eu resolvo tudo com a Belisa. Vou mandar emitir as passagens hoje mesmo. E pedir a Mee para procurar uma escola para vocês não perderem o ano. Dou notícias em breve.

Beijo do pai,
LM

Eeeeehhh, estou tão feliz!!!!

Eu também.

E ele vai falar com a mamãe e resolver tudo.

Calma, você conhece a mamãe. Só quero ver ela deixar. Mas nós temos que tentar, né?

Tentar, não! Nós vamos, Sophy! Que isso! Já estou vendo a gente no avião, naquelas praias incríveis que você me mostrou, andando de elefante...

24 de julho – tarde: almoço tenso

Que história é essa de Tailândia, posso saber, meninas? Seu pai hoje me ligou com uma conversa estranha, não entendi nada. Acho que ele enlouqueceu de vez. Seu pai está regredindo visivelmente a cada ano que passa. É isso que dá casar com mulheres jovens.

(silêncio)

E então? Ninguém vai me dizer nada?

Eu falo! É, mãe, mandamos um e-mail pro pai perguntando se podíamos ir passar uns meses lá. Estamos super de saco cheio da nossa vida aqui, tudo igual, todo dia.

Cof, cof... Como é que é? Uns meses lá? Vocês sabem por acaso onde fica esse país? É do outro lado mundo!!! Meu Deus, um país que quase sumiu do mapa por causa do tsunami!! E o risco do avião cair e vocês morrerem?? E, aliás, vocês estão de saco cheio do quê, se vocês têm uma vida ótima, posso saber?! Meu Deus, então é pra isso que a gente cria os filhos, com tanto amor... Que decepção...

Mãe, não precisa fazer drama.

Mãe, o papai tá lá há cinco anos e nunca aconteceu nada. Ah, mãe, deixa, por favor, vai...

Drama? Pois fiquem sabendo que eu não vou admitir isso em hipótese alguma. E está decidido. Vou para o meu quarto. Perdi a fome. Tailândia... Humpf... Era mesmo o que faltava...

Deixa ela, Lu. A mamãe é assim. Precisa de um tempo para digerir as notícias inesperadas.

Ai, Sophy, ela não vai deixar a gente ir. Tenho certeza. Tô com um pressentimento horrível.

Calma, o papai vai ajudar a gente. Você vai ver.

24 de julho – tarde: depois do almoço tenso

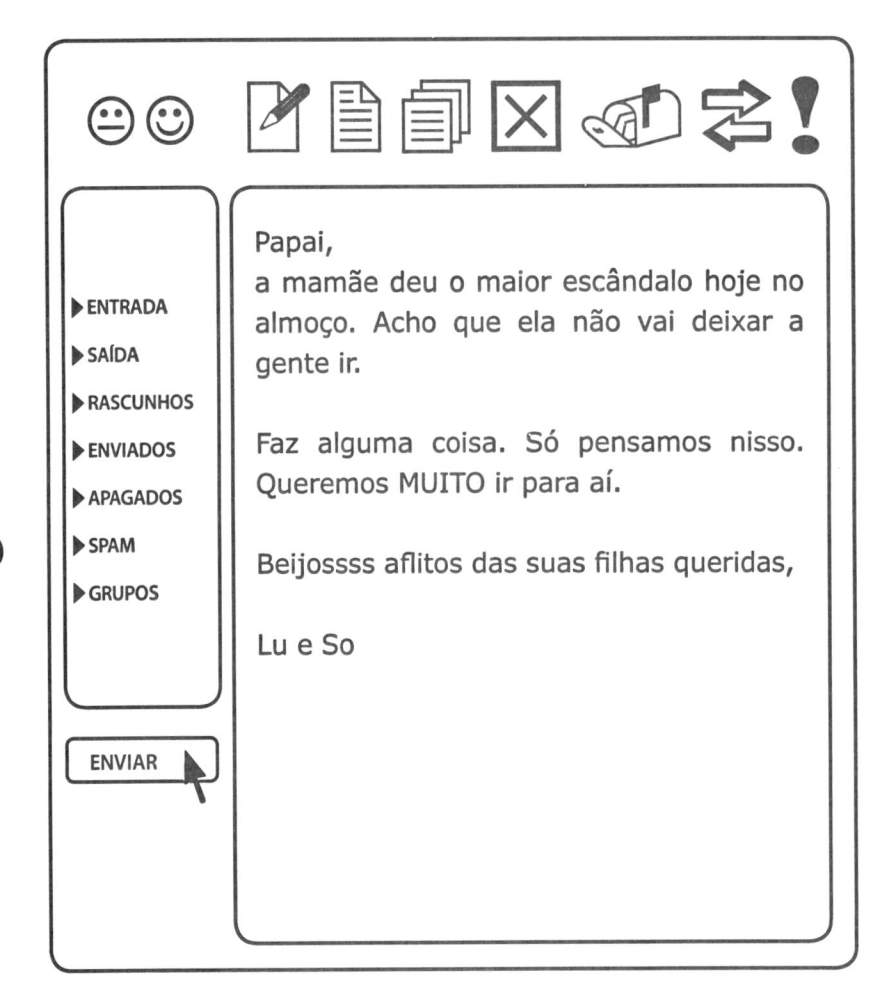

▶ ENTRADA
▶ SAÍDA
▶ RASCUNHOS
▶ ENVIADOS
▶ APAGADOS
▶ SPAM
▶ GRUPOS

ENVIAR

Papai,
a mamãe deu o maior escândalo hoje no almoço. Acho que ela não vai deixar a gente ir.

Faz alguma coisa. Só pensamos nisso. Queremos MUITO ir para aí.

Beijossss aflitos das suas filhas queridas,

Lu e So

* * *

25 de julho – manhã: café da manhã nervoso (silêncio mais pesado do que nunca)

Passa a manteiga, mãe.

(silêncio)

Você dormiu bem, mãe?

Como eu poderia dormir sabendo que minhas duas e únicas filhas querem passar seis meses longe de mim, num país perigosíssimo, com um pai maluco, e ainda por cima, porque estão infelizes com tudo? É muito desgosto para uma mãe de uma vez só.

Mãe, não é nada disso. A gente só quer passar uns tempos fora.

Pensa nisso como se fosse um intercâmbio, mãe. Tantas meninas fazem isso. E, pior, ainda ficam em casas de famílias estranhas, que nunca viram antes... A gente pelo menos vai ficar com o papai, conhecer outra cultura, ficar mais perto dele...

Nem mais um pio sobre isso. Assunto encerrado.

Não disse? Ela não vai deixar. Tá radical. Viu como ela saiu?!

Calma, daqui a pouco a gente consegue. Vamos insistir, Lu. Que mal tem a nossa viagem?

Nenhum! Vamos ver se já chegou a resposta do papai?

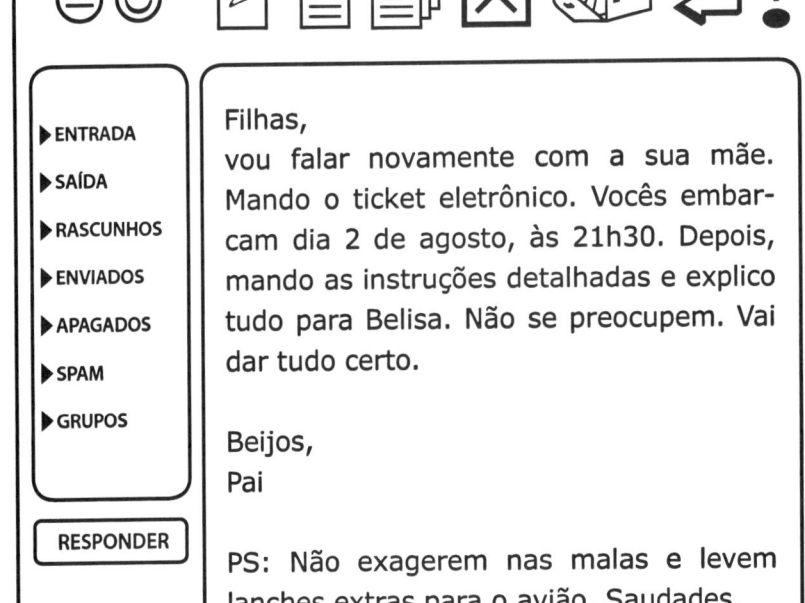

Eeeeeehhhh, papai até já comprou as nossas passagens... Nem acredito.

Nem eu. Agora, está tudo mais concreto.

Por quê? Por acaso isso não era para ser real??? Depois eu que sou a pirada aqui.

* * *

27 de julho: reunião convocada por dona Belisa antes do jantar

Tô muito nervosa. O que será que a mamãe quer falar com a gente?! E precisava marcar uma "reunião"?? Eu nunca participei de uma reunião. Isso aqui tá me dando um pânico... Será que ela não vai deixar a gente ir, Sophy??? Mas...

Para, você tá me deixando nervosa também!! Ai, meu Deus, ela tá vindo...

Mamãe!

Meninas...

Sim, mãezinha???

Eu pensei muito e cheguei a uma conclusão.

Siiiimmm?

Eu vou deixar vocês irem, mas sob...

Eeeeehhhhh, mãezinha, a gente sabia, você é o máximo...

Eu não terminei de falar. Sentem-se. Conversei muito com o pai de vocês esses dias, e fiquei convencida de que será uma experiência importante para vocês. Apesar de achar o país perigoso e isso de vocês viajarem sozinhas... não sei. Mas seu pai me garantiu que vocês estarão seguras 24 horas por dia. E que vão frequentar uma escola, vão aprender outra língua, conviver mais com o pai de vocês, conhecer pessoas de uma outra realidade... Mas tenho uma condição.

Siiimmm, mãezinha?

Vocês precisam me escrever um e-mail todos os dias contado como estão as coisas e telefonar todas as sextas-feiras. Se eu ficar dois dias sem notícias, pego o primeiro avião e trago vocês de volta. Entendido?

Entendidíssimo.

Então, vamos comemorar com um jantar a viagem das minhas pequenas!

Eeeeeehhhhh, mãe, a gente te ama!!!!!!

Eu também! Agora, só digo uma coisa: se preparem para comer formiga frita no café da manhã!

Formiga frita??? Eca!!!!

★ ★ ★

A partida

29 de julho – Fazendo as malas

Eu só tenho uma pergunta! Como se faz uma mala para passar seis meses fora? Eu quero levar o meu quarto todo comigo!!!

Eu também, Lu. E nosso computador? Já pensou se o papai não tiver um computador lá pra gente??? A mamãe vai nos matar se ficar um dia sem e-mail. Você ouviu, não ouviu???

Ouvi muito bem, mas, Sofia, nosso problema agora é bem mais grave. Olha a quantidade de roupas que tem nas nossas camas e o espaço na mala. Não dá, não vai dar. E isso porque eu já tô deixando metade das minhas coisas no armário.

A gente vai ter que aprender a simplificar...

O papai disse alguma coisa sobre roupa de frio, casacos...?

Disse. Disse que faz o maior calor, para a gente levar roupas "fres-cas".

Mas e se fizer o maior frio lá, de repente? Você sabe que eu detesto sentir frio.

Sei.

Olha o que eu comprei. Um guia com as principais palavras em thai. Essa língua é igual ao chinês.

Deixa eu ver. Ah, tá bom! Perfeito. Até parece que você consegue pronunciar o que tá escrito aqui.

ฉันรักคุณเหมือนเดิม

Me devolve, então. Agora, quando você tiver desesperada querendo falar alguma coisa que ninguém entende, nem pense em contar comigo, entendeu? Porque eu, ao contrário de você, vou me sair muito bem. E no caso de eu AINDA não tiver aprendido como falar, basta eu mostrar o meu livrinho e apontar. Entendeu agora minha técnica de sobrevivência?

Hum... Não, você tá certa, me desculpa. Quer ver o que eu comprei??? Um guia com todos os lugares que devemos conhecer na Tailândia. Olha aqui. Tem cada um incrível. Vamos aprender tanta coisa...

Ai, já separei a minha máquina fotográfica... Vou tirar cada foto artística...

E eu comprei um monte de cadernos novos... Tive uma ideia, Lu. O que você acha da gente escrever tudo que acontecer, assim, como uma espécie de diário da viagem??? Nós duas juntas? Você escreve o que quiser, e eu também.

Mas vai precisar escrever todos os dias, tipo de obrigação?

Claro que não. Só quando a gente quiser. A gente escreve só as coisas mais legais, ou quando estivermos chateadas...

Já disse que te acho muito géni????

Já!

★ ★ ★

30 de julho – Questões íntimas

Sophy, será que lá vende desodorante, que nem aqui?

Não sei.

Você não acha melhor a gente levar um estoque daqui, assim, pra garantir?

Será?

Claro! Ou você vai querer ficar com cecê lá? Tudo bem que você não liga muito pra essas coisas...

O que você tá querendo dizer com isso?

Nada. Só que você às vezes prefere só ficar lendo, estudando... e quase esquece que tem um corpo!

Eu não esqueço nada! Aliás, como eu poderia esquecer, se "ele" fica me lembrando a toda hora, com tudo de estranho que acontece e muda???

E sutiãs??? Será que lá vai ter??? Acho melhor a gente comprar mais uns e fazer um estoque.

Bem lembrado! E falando nisso, passou uma coisa pela minha cabeça, Lu.

O quê?

E se a gente ficar menstruada lá, no meio do nada e longe da mamãe???

Ai, meu Deus. Não quero pensar nisso.

Mas é melhor pensar, Lu.

Ai, então você acha que a gente deve levar um estoque de absorventes daqui também?

Acho!

Se alguém abrir nossa mala na alfândega, vai pensar que somos malucas ou contrabandistas de desodorantes, sutiãs e absorventes. Vai ser o pior dia da minha vida. Manchete no jornal: "Gêmeas presas no aeroporto tentando contrabandear produtos íntimos para a Tailândia." Mamãe vai cortar os pulsos, e a gente vai mofar na cadeia pelo resto da vida.

Lá vem você com suas histórias exageradas. Não vamos ser presas!

Mas será que não tem uma cota para esses produtos? Sério, Sophy. Vai que só pode levar dois desodorantes e a gente vai levar vinte? Ou, então, eles pensam que estamos levando drogas escondidas, que somos mulas do tráfico... Você nunca leu sobre isso não??? É muito perigoso!

Luiza, chega! Só temos 12 anos, NÃO vamos levar vinte desodorantes, NÃO somos traficantes, mulas, aviões, seja lá o nome que isso tiver... Estamos apenas indo ESTUDAR na Tailândia, e vamos ficar com o NOSSO PAI. Entendeu?

Han han. Mas só uma coisinha: você acha que cinquenta pacotes de absorventes dá? No caso da gente ficar menstruada lá, você sabe.

Vamos combinar uma coisa. Eu pesquiso na internet se tem farmácias lá, se vendem essas coisas, e assim a gente leva só uns três ou quatro de cada, tá bom?

A última questão, eu juro! Mesmo se vender lá, como a gente vai comprar? Se já é o maior mico aqui, como você vai pedir, por exemplo, para comprar um sutiã? Vai pedir isso pro papai? Eu vou morrer de vergonha. Deixa eu ver... Nem tem essa palavra no meu livro de expressões tailandesas.

Ai, você não tem jeito mesmo. Sei lá, a gente descobre lá. Um problema de cada vez.

* * *

31 de julho – Checklist

E então, meninas, a mala está pronta?

Quase, mãe. A gente tá com um pouquinho de dificuldade. Não dá para a gente levar, cada uma, mais uma malinha de 30 kg, mãe?

Luiza, vocês já estão levando duas malas de 32 kg, mais a bagagem de mão, que pelo que eu estou vendo, já é quase uma outra mala... Mais as bolsas... Não chega?

Pior que não, mãe!!

Mãe, eu tô levando livros e cadernos. Isso ocupa espaço, sabia?

Sabia. Mas seu pai falou que vocês não precisam se preocupar, porque o que faltar ele compra lá.

Tá, mãe, a gente já tá quase terminando.

Quase?

Psssschi.

Bom, eu tenho que passar lá no ateliê, mas volto antes do fim do dia.

Tá, mãe.

Bom trabalho. Luiza, tive uma ideia.

Outra?

Sim, vamos fazer uma lista de tudo que ainda falta, que não podemos esquecer, para conferir antes de fecharmos as malas.

Você e essa sua mania de planejar tudo. Sofia, você é muito certinha pro meu gosto.

E você muito esquecida pro meu!

Checklist:

(X) repelente

importantíssimo!

(X) cadeados
(X) óculos escuros
(X) biquínis

Quantos biquínis estamos levando? Será que dá? Ih... será que lá as meninas usam biquínis ou a gente vai ficar tipo "só podia ser brasileira escandalosa e oferecida desse jeito" na praia??? Ai, anota aí: comprar dois maiôs urgente.

Tá bom, Sophy.

Ah, o papai falou em lanches extras – vamos colocar biscoitos, chocolates e sanduíches na mala de mão.

Hum... que mais? Ah, nossa maquiagem. Eu não quero ficar baranga lá. Cadê o meu gloss, Sophy?

Não sei. Vê se não tá na bolsa vermelha.

(X) escova de dente
(X) xampu
(X) pente

Não podemos esquecer essas coisas do banheiro.

Ah, lembrei também. Vamos anotar os e-mails e MSN das nossas amigas para a gente escrever de lá.

Boa, Lu!

Eu vou levar todos os meus brincos e colares.

Ai, meu Deus. Todos? Não dá pra escolher alguns?

Não, não vai dar, Sophy! E depois, eu tenho CERTEZA de que você vai chegar lá e me pedir emprestado!! É sempre assim!!

* * *

2 de agosto – A despedida

Snif, snif, minhas filhotinhas...

Mãe, sinceramente, você está há três dias chorando sem parar. A gente só vai ficar uns tempos fora, e mesmo assim vamos falar com você toda semana.

Todos os dias!!! Já disse – um dia sem e-mail e eu pego vocês de volta!

Mãezinha, não fica assim. A gente também vai sentir saudades, mas se você continuar desse jeito, a gente vai começar a chorar também.

Vocês têm que me prometer que vão se cuidar, que QUALQUER COISA que precisarem vão me avisar, que não vão fazer besteira, que...

Mãe, não precisa repetir tudo de novo.

Então, me deem um abraço bem forte. Ai... snif, snif... Minhas filhas estão crescendo tão rápido...

Aeromoça – Perdão, senhora, mas está na hora do embarque. Senhoritas Sofia e Luiza, queiram me acompanhar, por gentileza.

Eu vou sentir saudades!

A gente também, mãe! Tchau! A gente te ama muito!

Ai, que dor no meu coração!

* * *

3 de agosto – A viagem dentro do avião
3h45

Que máximo!!!!

Ai, tô achando o cúmulo da independência a gente aqui, viajando sozinhas... Tudo bem que a aeromoça cuida da gente, mas mesmo assim...

E isso da gente ser as primeiras em tudo? Primeiras a entrar, primeiras a comer, ficar sendo paparicadas o tempo todo: "Desejam mais alguma coisa, senhoritas?", "Querem conhecer a cabine do piloto, senhoritas?"... Ai, que máximo tudo!!

Lu, você viu quantos mostradores tinham lá na cabine? Fiquei totalmente chocada. Como é que eles conseguem entender aquilo tudo??? É muita informação ao mesmo tempo!

Nossa, eu fiquei sem palavras. E tudo escuro, só com as luzes e os ponteiros brilhando... Parecia que a gente tava no meio de um filme espacial. Você reparou a altitude?

Reparei e reparei também "a senhorita" tirando tantas fotos da cabine que a aeromoça precisou mandar você parar. Sinceramente, Lu, maior mico. Desnecessário.

Que é que tem? Na boa, cá entre nós, a gente é pirralha ainda... Você por acaso faz ideia de quantas pessoas da nossa idade têm a oportunidade de visitar a cabine de um avião internacional durante um voo sobre o oceano??? Isso é MUITO especial, Sophy. Merecia ser registrado, sim!

Ai, olha. Vai começar outro filme. Tomara que seja tão bom quanto o outro.

Eu nunca tinha assistido ao 007 e adorei.

Eu também. Passa logo o chocolate. Papai mandou muito bem em avisar para a gente caprichar nos lanches extras.

A essa hora eu já estaria morrendo de fome. Ainda mais porque a gente não consegue dormir.

Falando nisso... Viu aquele cara ali roncando aos berros? Sério, se eu fosse a mulher dele não ia aguentar de tanta vergonha. É muito mico roncar desse jeito no meio do avião. Tá todo mundo olhando lá pra trás, pra ver quem é.

É, ruim mesmo é que a gente, e todas as pessoas que estão no avião, tem que aturar esse cara roncando como se ele estivesse na casa dele.

É mesmo, supercaído.

Sophy... Vamos acordar ele, tipo fingindo que sem querer a gente tropeçou por causa da turbulência e o copo d'água escorregou da nossa mão? Já pensou?

Hum... Acho melhor não derrubar nada. Mas que a gente podia ir ao banheiro e na volta dar uma cutucada forte nele, isso podia, né? Pô, esse ronco vai atrapalhar o filme.

Vamos então? Me deu uma vontade de fazer xixi...

Hahaha... Vamos! Ei, me dá mais um quadradinho do chocolate, eu quase não comi nada. Você tá comendo tudo sozinha.

* * *

4 de agosto – A chegada – desembarque

Ufa, chegamos!!!! Mas, por favor, quem foi o débil mental que disse que viajar de avião era rápido ou confortável? Só pode ter sido algum maluco. Eu estou completamente destruída!

Eu também. E isso de escalas, pousa, levanta... Foram 30 horas decolando e aterrissando. Socorro!!! Que pesadelo. Não teve graça nenhuma.

Concordo com você. Na primeira descida, achei que a gente já tinha chegado. Não aguentava mais ficar ali dentro, estava me sentindo completamente presa.

Eu também. Por que não fazem um voo direto? Não entendo!

E por pouco eu não enjoei. Foi pura sorte.

Ah, não, se você começasse a vomitar ali, eu também ficaria enjoada.

Aeromoça - Senhoritas, me acompanhem. Vocês são as primeiras a desembarcar.

Até que enfim uma notícia boa, aeromoça!!

Não aguento mais carregar esse peso. Realmente, fui muito idiota em trazer uma mala de "mão" de não sei quantos quilos, que de portátil não tem nada.

Eu te falei. Tá, me dá aqui que eu carrego um pouco.

Obrigada, Sophy.

Paaaaaaaiiii...

Paiiiiiiiii...

Luiza, Sofia.... Minhas filhas... quanto tempo!

Pai, a gente está morta, sem condições de falar, a viagem de-

morou hooooras. Mas precisamos dar notícias à mamãe.

Sem problemas, podemos mandar um e-mail agora mesmo do meu palm.

Pai, você tem um palm, desses com internet 24 horas, e que pode ligar para qualquer país do mundo a qualquer hora?

Isso mesmo!

Ah... Então, escreve aí...

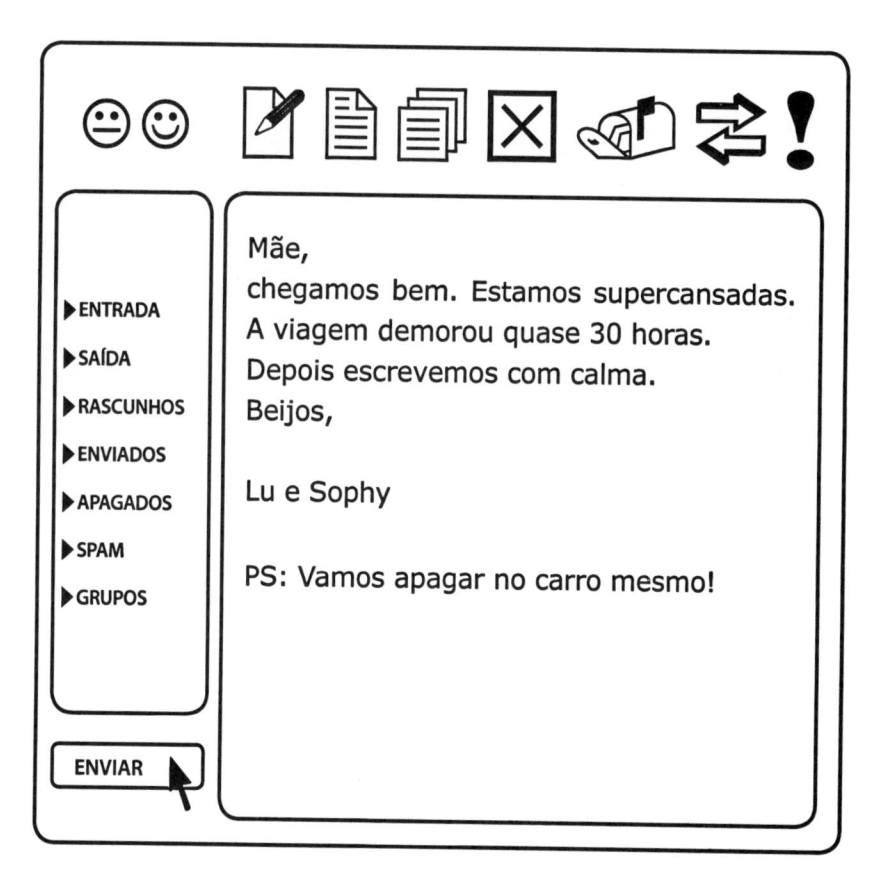

- ENTRADA
- SAÍDA
- RASCUNHOS
- ENVIADOS
- APAGADOS
- SPAM
- GRUPOS

Mãe,
chegamos bem. Estamos supercansadas.
A viagem demorou quase 30 horas.
Depois escrevemos com calma.
Beijos,

Lu e Sophy

PS: Vamos apagar no carro mesmo!

ENVIAR

A TAILÂNDIA:
primeiras impressões

(as piores possíveis)

5 de agosto – Primeiro dia oficial na Tailândia

Esqueçam os filmes, aquelas fotos lindas como se estivéssemos a caminho do Paraíso e tudo fossem flores, porque é preciso dizer que só conseguimos voltar a nos sentir seres humanos depois de dormir 20 horas seguidas. Chegamos com o maior mau humor do mundo, exaustas e só queríamos uma cama. Como era dia de trabalho, graças a Deus não encontramos niguém na casa. Mal falamos com o papai, coitado. Trancamos a porta do quarto e dormimos. De roupa e tudo.

No dia seguinte, papai tomou café com a gente e nos apresentou a Luh Lai, nossa tutora. Sim, vamos ter uma grude na nossa cola pra cima e pra baixo, 24 horas por dia. Papai fez questão. Eu e Luiza nos olhamos, olhamos pra mulher e sacamos tudo.

Sim, ela era do tipo confiável, mas a gente escutou ela pensar: "Se essas garotas estão achando que isto aqui vai ser a Ilha da Fantasia, estão redondamente enganadas. Pra começar, horário para acordar e dormir todos os dias. Imagine dormir 20 ho-ras, acordar a hora que quiser... Não mesmo! Depois que o Dr. Mansur sair, vão desarrumar as malas e colocar cada coisa no seu lugar. Ou elas acham que as roupas têm poderes de voar para as prateleiras?? Já vi a bagunça que elas conseguiram fa-zer, apenas alguns minutos depois de acordarem."

Claro, sua idiota, a gente precisava tomar banho, escovar os dentes e colocar uma roupa decente. Se alguém descobrisse que tínhamos dormido com a mesma roupa da viagem, nossa estada ia começar bem mal.

Essa tutora não sabe o quanto somos LIGADAS E ANTENADAS a tudo que rola à nossa volta, inclusive ao que as pessoas pensam. Fica tudo escrito na cara. Que nem o papai quando viu a gente e pensou: "Nossa, como estas duas cresceram. Estão quase duas mocinhas." Ai, pai, por favor, não tem coisa mais brega que chamar a gente de mocinhas. Já basta a vovó, na boa.

★ ★ ★

5 de agosto – Depois de passar duas horas desfazendo as malas

Bom, depois que o coronel de saias nos obrigou a arrumar tudo até não sobrar nem um biquíni na mala...

Aliás, quando ela viu nossas malas, não parou de pensar um minuto: "Ah, não. Elas devem ter pensado que estavam vindo para o meio da floresta, sem nenhum comércio ou recurso... Por Buda, pra que tantos desodorantes? Será que cheiram tão mal assim? E os biquínis? Nem que fossem à praia todos os dias daria para usar todos eles. E as praias ficam no sul do país. Será que nem sequer consultaram um mapa antes de vir? Ah, se não fosse pelo Dr. Mansur..."

E a gente obrigada a escutar aquilo e não poder responder, senão aí é que ela ia pensar que somos malucas. Bom, quando o tormento acabou, finalmente fomos passear pela cidade.

Só que aí, sim, é que vimos o que é tormento. Do carro, a nossa "tutora" (juro que nunca vou me acostumar com um troço desses) não se cansava de despejar todo o tipo de informação em cima da gente. Cheguei a pensar que, se ela não soubesse falar inglês, seria bem melhor. Assim, ficava calada. E que voz irritante, vamos combinar!

É, mas eu gostei de saber que Thai significa "livre", em tailandês, e é essa palavra que as pessoas geralmente usam quando vão falar sobre este país e seus habitantes (cultura thai, língua thai, habitantes thai, etc.).

Para não ser implicante, confesso que também gostei de saber algumas coisas e anotei no meu caderno para não esquecer. Vivem milhões de pessoas em Bangkok e de todos os jeitos. Isto aqui é o caos. A gente viu imensos arranha-céus, templos, vendedores de churrasquinhos em todas as calçadas, e ouviu barulho de buzinas, bicicletas, carros, motos...

Eu fiquei enjoada com tantos cheiros, barulhos, gente, carros, poluição, um calor insuportável... Sophy, isso não tem nada a ver com as fotos que você mostrou!!! Tô me sentindo enganada!!!! Ao contrário, é um verdadeiro inferno. E agora a gente vai ter que aturar isso até o fim, porque depois do tanto que insistimos e dissemos pra mamãe, imagina voltar antes da hora? Mas estou profundamente arrependida. Odiando tudo!!! Nunca pensei que fosse ser assim. E a culpa é toda sua. Sua ideia é débi, não tem nada de géni. Mas sabe o que foi pior pra mim? Naquela hora que eu pedi para parar o carro e eu quis entrar numa lojinha... Foi só ali que me dei conta de que não conseguia entender uma sílaba do que estava escrito, do que as pessoas falavam... E o meu livro não veio com um tradutor automático, como seria o certo! Ou seja, além de tudo isso de horrível que a gente tá vendo por todos os lados, ainda vamos ter que ficar com a Grude atrás da gente, pedindo por favor para ela falar pela gente, traduzir as respostas... Odiei tudo!!!

Luiza, a situação é muito mais grave do que parece. Você percebeu a data da nota fiscal do colar que você comprou? 2552! Isso é muito surreal. E a explicação é mais surreal ainda – o calendário budista está 543 anos à frente do nosso, pois o ano zero é o nascimento de Buda, não de Cristo. Quer dizer, aqui é uma loucura, estamos em pleno ano 2552. Sério, Lu, isso pira a cabeça de um ser humano. A gente vai perder a noção do tempo aqui, se ligou nisso?

Isso não é nada se você pensar que Bangkok é a cidade dos anjos para os tailandeses. Se isto aqui é a cidade dos anjos, você consegue imaginar o que seria a cidade dos diabos?? Eu não. Nunca vi algo tão feio em toda a minha vida! Estou assustada.

Cara, a culpa não é minha. Todas aquelas fotos lindas eram da Tailândia, estava escrito nas legendas. Agora, como eu podia imaginar que as praias eram tão longe assim, hein, Lu??? E essa sujeirada toda + calor + poluição + buzinas... Eu também não gostei nada, fique sabendo. E também queria voltar correndo agora mesmo. Mas a gente vai ter que encarar e procurar todas as nossas forças para aguentar isto aqui.

Na boa, estou chocada. Acho que a gente não estava preparada para isso. E se a gente não aguentar, falando sério, Sophy??

Não sei. Não quero nem pensar nisso. A mamãe e o papai nos matam. A gente inventou esse circo todo, agora vamos ter que entubar. E essa maldita Grude que não para de falar um segundo?! Ninguém merece, meu Deus. Parece uma enciclopédia com pernas e boca: "A Tailândia tem o dom de receber bem todas as tribos: o sorriso é a marca registrada do povo." Aliás, não sei do que tanto riem, não vi graça nenhuma. Tô quase chorando de desespero. A gente se ferrou. Sinceramente.

Se você começar a chorar, Sophy, eu também vou. Onde foi que a gente se meteu? Você é muito débi mesmo. Não sei por que fui te ouvir!

Porque você me ama, gata!!!!

★ ★ ★

5 de agosto – Hora de almoçar

A Luh falou de umas opções de comida regional para a gente experimentar, mas, sinceramente, ficamos superdesconfiadas e acabamos preferindo o velho e bom McDonald's. Graças a Deus quando a gente viu aquele M gigante pensamos: "Ufa, estamos salvas!"

É claro que a Luh não gostou nada. E pensou: "Ué, cadê o espírito de aventura, e aquela conversa de elas virem aqui abertas ao novo, para aprender sobre uma realidade diferente de que tanto o Dr. Mansur me falou? Hum... já vi tudo. São duas mimadas que vão me dar um trabalho do cão!"

Sabe que foi dando uma irritação cada vez que a gente escutava um pensamento besta desses?

Tá pensando o mesmo que eu?

Tô. Um, dois, três e... já.

Hã? O que é isso? Aonde elas estão indo assim desse jeito?

Guarda-costas - (Sofia e Luiza resolveram dar uma lição na tutora, saíram correndo pelas ruas e se esconderam na primeira loja que encontraram. Depois de 20 minutos de aflição, e a cor da tutora passar de moreno rosado a branco pálido, envolver o motorista na procura e esbravejar todos os palavrões desconhecidos em thai... Elas reapareceram, como se nada tivesse acontecido. Depois deste incidente, foram direto para casa. E a tutora não deu um pio no carro. Bem feito, ela bem que mereceu!)

★ ★ ★

5 de agosto – Até que enfim livres da Grude!

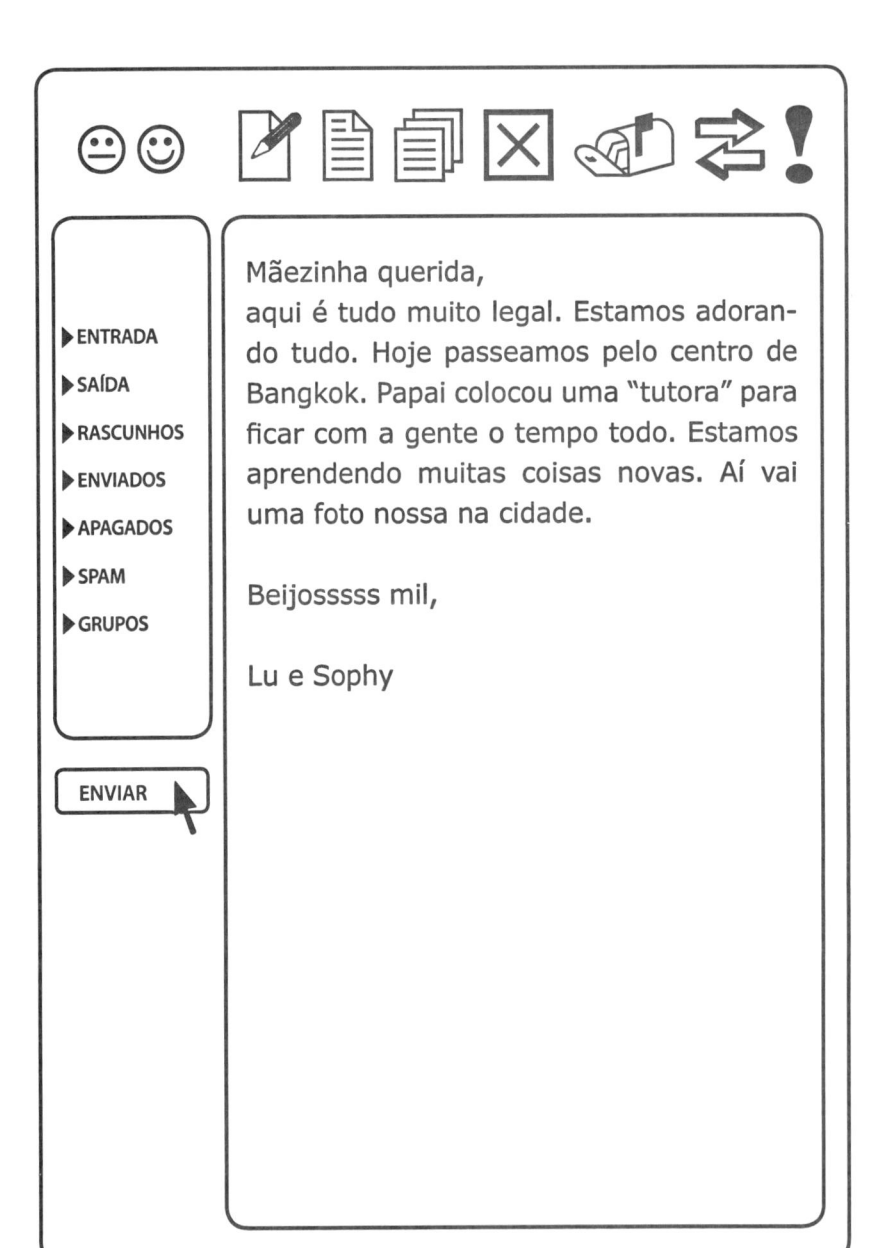

- ENTRADA
- SAÍDA
- RASCUNHOS
- ENVIADOS
- APAGADOS
- SPAM
- GRUPOS

ENVIAR

Mãezinha querida,
aqui é tudo muito legal. Estamos adorando tudo. Hoje passeamos pelo centro de Bangkok. Papai colocou uma "tutora" para ficar com a gente o tempo todo. Estamos aprendendo muitas coisas novas. Aí vai uma foto nossa na cidade.

Beijosssss mil,

Lu e Sophy

- ENTRADA
- SAÍDA
- RASCUNHOS
- ENVIADOS
- APAGADOS
- SPAM
- GRUPOS

ENVIAR

Galera,

chegamos sãs e salvas. A cidade é um caos. Horrível. Nunca venham para cá. Estamos profundamente arrependidas. Ainda por cima temos uma tutora, como nos filmes do século passado. Acreditem se quiser! A Luiza tirou umas fotos, abram os anexos (não é vírus). Vocês vão ver que não estamos exagerando nem uma vírgula.

Socorro!!!

Beijosss desesperados,
Lu e Sophy

Caindo na real:
vivemos num hospício

12 de agosto – Só passou uma semana, mas parece um ano!

Ok, vamos tocar a real. Tá tudo muito difícil. Esse papinho de conviver com o que é diferente, conhecer outra cultura, se abrir para o desconhecido, blá-blá-blá, é enlouquecedor!!

Eu concordo. E, sinceramente, isso aqui tá mais para um hospício do que uma casa normal de família como qualquer outra. Por quê? Vamos por partes. A mulher do papai é uma ex-dançarina por quem ele se apaixonou numa viagem de negócios quando estava passando por aqui tempos atrás. Mais clichê impossível!

Pior é que ela deve pensar que ainda está em cima do palco porque se veste com cada roupitcha, que vamos combinar... Igual a gente vê em certos filmes que prefiro não entrar em detalhes. Ela se chama Mee Teung Rot. Mee, para os íntimos (isso inclui a gente agora!).

Mas, se não bastasse tudo isso, ela tem a mania que sabe tudo e adora ficar horas se exibindo, tentando enfiar a "cultura thai" pela nossa garganta abaixo. No outro dia, passou boa parte do jantar contando a história de Bangkok, criada em 1782. E que só os estrangeiros chamam a cidade assim, porque para os tailandeses é Krung Thep, ou Cidade dos Anjos.

Na boa, tudo que a Grude já tinha explicado pra gente no primeiro dia. Saco! Mas vocês pensam que acabou por aí? Claro que não! Ela passou o resto do jantar tentando fazer a gente aprender a falar o nome completo e oficial de Bangkok, que simplesmente é: Krungthep mahanakhon amonratanakosin mahintara ayuthaya mahadilok popnopparat ratchathani burirom udomratchaniwet mahasathan amonpiman avatansathit sakkathattiya witsanukamprasit.

Nem que repetisse mil vezes, todos os dias da minha vida, seria capaz de pronunciar isso! A língua enrola de um jeito... que é impossível! Mas ela ficou lá falando não sei quantas vezes e, pior, obrigando a gente a repetir na frente de todo mundo... Ai, me deu um ódio num grau...

E o idiota do papai achando a maior graça, se derretendo todo... Patético!

E o calor? Vocês pensam que é fácil? Dica: jamais economize em ar-condicionado!! Fechar a janela e congelar é questão de sobrevivência neste fim de mundo!

Voltando ao assunto. Essa mulher ex-dançarina inacreditável tem duas filhas crescidas. Uma de 18 e outra de 20 anos. Parece que o pai delas sumiu quando elas eram pequenas, fugiu com outra mulher para Mianmar e, por isso, a Mee teve que se virar para educar e cuidar delas. Ah, coitadinha... Me poupe, né?!

As duas são iguaizinhas à mãe. Todas as vezes que cruzam com a gente não perdem uma oportunidade de dar conselhos. Elas acham que a gente é completamente débil! Só pode ser. E, pelo visto, o papai deve ter espalhado essa história de que estamos aqui para aprender tudo o que pudermos porque simplesmente todas as pessoas se acham no direito de dar "aulas" para a gente em qualquer hora e lugar. Ninguém merece!

Ontem foi a vez da Chom Fa, uma daquelas "projeto de dançarina". Ficou o café da manhã explicando o que eram os tuk-tuks (a gente já sabia – vimos no primeiro dia também – dãããã!). Pra gente ter cuidado, porque eles têm a mania de levar as pessoas para lojas de souvenirs e seda, já que eles ganham comissões dos donos das lojas por cada turista otário que conseguem arrastar para comprar. E, se você disser que não quer ou fizer cara feia, eles triplicam as tarifas. E que o importante era negociar a corrida antes de entrar no tuk-tuk.

Tá, valeu, garota. Vamos nos lembrar disso. Agora só uma perguntinha: como você espera que a gente negocie com os motoristas se não sabemos nem falar OI em thai??? Heeeell ooooouuuu! E a outra filha da Mee, a Nhang Jee, que só abaixava a cabeça e concordava com tudo?! Acho que ela é idiota mesmo, Lu. E o velho Sairk Ber, avô delas? Acho que o papai pirou de vez. Por que não disse nada pra gente? Faz parte do pacote "venha e se surpreenda na Tailândia"? Deus me livre, nem em folheto de propaganda de agência de viagem vem escrito um troço desses. Sem querer complicar mais, mas o velho é superestranho. Parece bruxo, mago, sei lá. Fica pelos cantos olhando pra gente, como se fôssemos bichos. Também já vi ele lá na horta mexendo com umas plantas e falando em voz alta umas palavras esquisitas, parecia até que estava enfeitiçando as coitadas. Eu te juro que se um dia ele me oferecer um chá, qualquer que seja, eu não tomo. Nem amarrada!!! Tenho medo dele e ainda mais dos chás dele.

Nem eu! Sou muito nova para morrer envenenada. E isso da família morar toda junta na mesma casa tem limite, né não??? E os primos do tio da Mee? Gente, desde quando isso tudo é família? O Korm Layn e o Gah Chai se aboletaram aqui e tudo bem, e fica tudo por isso mesmo, Sophy?! Não sei não, mas acho que o papai tá meio otário nesse lance, bancando a família toda dessa Mee, você não acha?

Agora imagina se ele ainda resolve ter um filho com ela??? Já pensou??? Aí, sim, não tem mais jeito. A gente vai ter um vínculo pro resto da vida com essa ex-dançarina de quinta categoria e a família folgada dela.

Aiii! Você tem cada ideia! Da onde você tirou isso? Deus me livre, bate na madeira, Sofia, Deus me livre!!!

Desculpa, sei lá, foi só uma coisa que passou pela minha cabeça. Acho melhor a gente checar nossos e-mails e escrever o da mamãe antes que bata a preguiça.

- ENTRADA
- SAÍDA
- RASCUNHOS
- ENVIADOS
- APAGADOS
- SPAM
- GRUPOS

ENVIAR

Mamy,
a família toda da Mee mora com a gente, e achamos isso um pouco estranho. Você sabia disso? Parece que aqui existe essa tradição. Achamos que o papai não nos disse nada porque para ele isso já deve ser normalíssimo!! Hum... as filhas da Mee são metidas a sabe-tudo e você sabe como a gente ODEIA pessoas assim. Mas tudo bem. Estamos nos esforçando (muuuuiiito) para aprendermos a lidar com tantas diferenças (e tanta gente na mesma casa) ao mesmo tempo! O computador aqui fica no corredor, então não dá para ficar muito tempo, porque é alta rotatividade. E, se a gente ficar mais de meia hora usando, alguém se planta atrás da gente para fazer pressão. O papai tem sido um amor, tem dado a maior atenção pra gente. As aulas aqui só começam em setembro, então por enquanto estamos aproveitando para conhecer tudo e nos ambientarmos melhor.

Um beijo com saudades,
Lu e Sophy

ENTRADA
SAÍDA
RASCUNHOS
ENVIADOS
APAGADOS
SPAM
GRUPOS

ENVIAR

Galera,
não adianta vocês ficarem reclamando da falta de foco das fotos porque a Luiza estava sem a câmera dela e tirou tudo com o celular, por isso saiu essa bomba. E vocês sabem também como ela adora tirar onda de fotógrafa mas na hora H como é. E também não adianta ficarem pedindo pra gente entrar no MSN porque não vai dar. Só tem um computer e rola a maior pressão aqui. Todo mundo quer usar e ainda tem as metidas da Chom Fa e Nhang Jee, as filhas mais velhas da mulher do nosso pai, que ficam horas conversando com os namoradinhos delas (a gente já sacou tudo!). A gente tá com saudade de casa, principalmente porque era só a gente e a mamãe. Essa história de morar com a família toda da Mee ao mesmo tempo é muito sinistra. E o pai dela dá medo de verdade. Achamos que ele é um pajé, um mago, um bruxo ou então é maluco mesmo, o que é muito pior. Ih, lá vem ele. Tchau!

Beijoss

Massagem de boas-vindas, quase duas semanas depois da gente chegar!!!

Sem noção!!

14 de agosto – A melhor digestão da minha vida!!

Sinceramente, nem tudo é tão horrível assim. Descobrimos uma coisa incrível no meio do inferno!! Os tailandeses têm mania de fazer massagem pelo menos uma vez por semana! Isso é um luxo total!!!!

E o papai, vendo a nossa cara de (in)felicidade aqui, resolveu dar de presente pra gente uma massagem de boas-vindas. Tudo bem também, meio atrasada, vamos combinar, já que estamos aqui há duas semanas, mas valeu a intenção!

Foi o máximo. Duas mulheres vieram até aqui, trazendo tudo (macas, óleos, música, incensos...) e deitaram a gente lado a lado. Gente, eu nunca me achei tão importante na vida! Receber uma massagem é tipo se sentir como uma rainha ou uma milionária. A massagem é uma delícia, você vai relaxando sem perceber... Quando vê, tá quase dormindo.

Quase? Que isso, Lu? Vai economizar os detalhes? Na boa, você dormiu em 15 minutos, e eu juro que tava vendo a hora que você ia começar a roncar, porque eu nunca te vi dormir daquele jeito.

Você tá com inveja, porque eu me entreguei às mãos da Fahk Drue e você ficou me olhando com os olhos arregalados, como se tivesse sofrendo alguma tortura... E, além do mais, a massagem foi logo depois do almoço... Não resisti. Qual o problema??

Claro que eu fiquei fazendo aquela cara! Não tô acostumada a ficarem pegando no meu corpo, botando a mão em tudo que é lugar... Fiquei meio desconfiada. E você sabe muito bem que eu sou bem mais sensível que você!

Fresca, você quer dizer, né?!

Mas depois eu também gostei, tá legal? Aliás, enquanto você dormia, eu fiquei conversando com a Fahk Drue e aprendi várias coisas que você ficou sem saber, pro seu governo!!!

Ah, tá bom. Até parece. Me diz uma coisa, uma única coisa, que você sabe que eu não sei?

O nome do óleo da massagem e por que eles usam esses óleos!

... é...

Tô esperando!

Tá bom, não sei! Você ganhou. Por quê?

São chamados óleos essenciais, com essências de plantas e aromas. Ajudam a relaxar, fazem as tensões do corpo se dissolverem e aliviam dores musculares. A cânfora, o sândalo, o lírio-da-paz e ainda gotas de laranja misturadas à lavanda selvagem são indicados para a primeira massagem. Gostou??? Arrasei, né?? Pode confessar.

Dããã... Você não! A Fahk Drue que te disse tudo isso!

É impressionante! Você é incapaz mesmo de admitir que eu sei mais que você em algum assunto, não? Você devia se tratar, Sophy. Fazer uma terapia, análise, sei lá, você tá ficando completamente neurótica. Sério!!

Bom, resumindo a conversa, vamos incorporar esse hábito às nossas rotinas, como todos os tailandeses.

Sim, afinal, estamos aqui para isso mesmo, certo?

Certíssimo!!!!

★ ★ ★

14 de agosto – Jantar com todos os malucos juntos num restaurante maluco!!

Bom, parece que papai tirou o dia mesmo para introduzir certos hábitos locais na gente.

Depois da massagem, papai reuniu toda a família (sim, o velho bruxo também foi) e saímos para um jantar oficial de boas-vindas.

Lu, eu não tenho como deixar de comentar. O timming do papai tá totalmente alterado, sinceramente!! A gente tá aqui há duas semanas e só agora ele atina de fazer um jantar de boas-vindas pra gente, com toda essa família maluca??? Super-sem-noção, na minha opinião.

Na minha também, Sophy! Mas o mais sem-noção foi o restaurante que ele escolheu. Na frente, tinha umas piscinas enormes e em cada uma delas tinha um bicho vivo: camarões, caranguejos, peixes, arraias, lagostas, baratas-do-mar (gente, algum ser humano tem coragem de comer uma barata-do-mar??? Que nojo!!!), lulas, moluscos...

Como visita turística até que seria interessante. Agora, ter que escolher o que a gente queria comer para os garçons "pescarem" ali na hora, na nossa frente, e comer em seguida, não teve graça nenhuma. Ao contrário.

E eu que detesto frutos do mar, Sophy? Me vi no meio de um filme de terror. Só restou a opção peixe. Mas eu juro que eu comi de pura obrigação, porque eu vi bem a cara do papai pra gente, tipo "nem pensem em me fazer essa desfeita". Mas cada garfada que eu dava, eu queria vomitar, só de lembrar que o peixinho tava vivo minutos atrás, nadando ali na piscina, feliz... Teve uma hora que quase corri pro banheiro pra chorar.

E eu idem. A lula não descia, acho até que nunca mais na minha vida vou querer comer lula de novo. E olha que era o meu prato preferido. Só que agora se tornou o pior prato do mundo!!!

E eles lá... pedindo de tudo e comendo sem a menor culpa. Não sei como conseguiram!

Tudo mesmo: churrasquinho de camarão, caranguejo na brasa... A Mee achava tudo delicioso... Toda hora levantava e escolhia mais alguma coisa... Pô, já não bastava tudo que tinha na mesa??? Fiquei horrorizada.

E aquele velho olhando pra gente com os olhos fixos... E o peixe que não descia... Ai, deu um embrulho na barriga... Se a gente passar mal é culpa daquele bruxo. Que tanto será que ele pensa? Sim, porque eu só vejo ele falando com as plantas da horta dele. Na cabeça dele, só escuto um zumbido. Nenhuma palavra identificável. Ele tem problemas, Sophy, tenho certeza. Esse Sairk Ber não é normal. Eu tenho o palpite que ele vai tentar nos envenenar uma hora dessas. Escreve aí. E acho que a gente podia perguntar pro papai a respeito dele depois. Discretamente.

É melhor não. Você não viu o que o papai andou falando pra gente esses dias?? Que achava que a gente ia vir com o espírito de mais aventura, que temos que fazer um esforço sincero e abrir nossa mente etc.?? Se a gente começar a reclamar muito, vai ser pior.

E aquelas filhas da Mee?? Ô garotas esquisitas! Não fui com a cara delas desde o primeiro dia!!! Ai, muito difícil tudo isso!!! E, na boa, elas nem se esforçaram!! Só o papai e a Mee conversaram com a gente. Elas e aqueles primos folgados da Mee ficaram lá só falando em thai pra gente não entender nada. De propósito! Tenho certeza!

Só posso dizer que todo o relaxamento da nossa massagem foi pro lixo. Porque eu nunca fiquei tão nervosa para comer em toda a minha vida.

Será que a gente fez certo de vir pra cá? Será que a gente vai aguentar???

Sinceramente, não sei. Mas não sei o que é pior. Voltar agora, depois de tudo que a gente fez pra vir é muito mico, você não acha?

Acho. Mico e derrota. E nós não somos garotas derrotadas, Sophy!

Assim que se fala! Então, vamos engolir o resto do prato, para acabar logo. Arght!

* * *

14 de agosto – Meia-noite, depois do e-mail diário pra mamãe

Lu, eu tenho uma triste notícia para te dar. O papai falou que a partir de amanhã só poderemos usar o computador por vinte minutos por dia, para responder os e-mails da mamãe, nem um minuto a mais.

Não acredito!!!!!!!!!! Eu vou morrer!!!!!!! Como a gente vai sobreviver só com vinte minutos por dia???? Não dá, não vai dar. Pô, eu tenho que atualizar o Orkut, o Fotolog, o Facebook, entrar no MSN... Pô, ele pirou, Sophy! Não tô acreditando!!!! E por que ele deu essa maldita ordem, posso saber?

Segundo ele, porque a gente precisa sair e conhecer toda a riqueza deste belíssimo país, e computador a gente tem lá no Brasil. Que estar aqui é uma oportunidade única, que não podemos desperdiçar, e que nós precisamos nos abrir para o novo, blá-blá-blá.

Ai, que preguiça dessa conversa. E por que ele só disse isso a você?

Porque você, pra variar, estava no banho, demorando hooooras, e ele cansou de esperar você sair.

Tô passada! E agora?

E agora vamos ter que encarar os fatos e botar nossa cara na rua de qualquer jeito.

Ai, meu Deus! Mas e as minhas fotos? Preciso descarregar e postar elas no blog. Tá bombando! Todas as nossas amigas tão acompanhando nossos perrengues no blog... Já virou uma novela.

Quer a minha opinião sincera? Vamos dar um tempo do computador e depois, com jeitinho, a gente aumenta esses vinte minutos, você mostra suas fotos, a gente explica que também tem que responder os e-mails das nossas amigas, que estamos com saudades... Mas amanhã vamos "descobrir" (arght!) a cidade. Vamos chamar a Luh Lai e passar o dia todo no centro.

Gente, que cafona tudo isso! É tudo que eu tenho a dizer. Boa noite, Sophy, odiei essa notícia!

Eu também.

Conhecendo a cidade

O caos! Socorro!!!

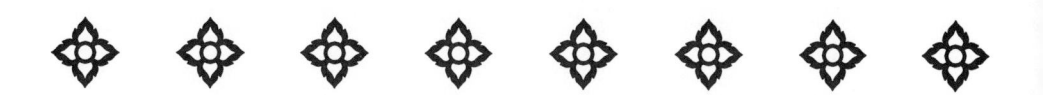

15 de agosto – 8h30

Sim, acreditem ou não, já estamos prontas, de saída para o centro. E para uma "melhor experiência local", vamos de carro só até a entrada do centro e lá vamos andar a pé o dia todo.

Sim, é lógico que a Grude, a Luh Lai, vai com a gente – que remédio! –, mas desta vez colocamos os melhores tênis, para aguentar o tranco!

Eu vou levar minha máquina para aproveitar e tirar muitas fotos. Sabe-se lá quando vamos ter coragem de novo de ir até o meio daquele tumulto.

* * *

15 de agosto – 9h10

Sim, já deixamos o conforto do nosso carro para trás e estamos caminhando a pé no meio do inferno! Tudo aqui é confuso. A gente fica tonto só de ver. E gente, gente que não acaba mais, por todos os lados. Quase não dá para andar. As pessoas esbarram e gritam com você o tempo todo. Buzina, poluição, estresse, sujeira, cheiros estranhos, umas caras esquisitas... Socorro, não tem como achar isso bom não, me desculpe. O papai deve ter enlouquecido, só pode ser!!!

Lu, preciso comentar o pior: a gente teve uma ideia, que a princípio parecia géni, mas se revelou uma idiotice completa. Dããã – a gente quando quer ser inteligente é de chorar!!! A ideia era andar nos tais tuk-tuks, assim a gente se livrava desses pedestres malucos. Só que toda aquela ladainha da Chom Fa no jantar sobre negociar e etc. não adiantou nada! Porque a gente pagou na lata o que o motorista pediu, que, aliás, tinha uma cara de maluco sinistro. Não sei quantos baths foram (baths = a moeda local), até porque por mais que a gente tente ficar fazendo conta não consegue entender quantos baths equivalem a quantos reais. É praticamente impossível. Resultado: somos mesmo um prato perfeito para os vendedores, as verdadeiras turistas otárias!!! Dane-se!! Quer saber? Já temos problemas demais aqui.

A Luh Lai, a Grude, é que ficou lá discutindo uns 20 minutos sem parar. Deve ter tentado pegar o nosso dinheiro de volta. Teve uma hora que eu achei que eles iam sair no tapa mesmo, tamanho o "calor" da discussão. As pessoas aqui em vez de falarem, como qualquer ser humano normal, gritam desesperadamente, como se tivesse alguém morrendo! Ameaçam, fazem gestos e umas caras que dão medo mesmo.

Só que o passeio no tuk-tuk foi pior ainda. O cara dirigia o troço pelo meio das pessoas na calçada de qualquer jeito, e a impressão que a gente tinha é que estava num boliche humano, e a qualquer momento íamos atropelar alguém de verdade. Foi horrível. Eu não parei de rezar, e a gente teve que ficar se segurando com toda a força para não cair. E as pessoas na rua ainda faziam a maior cara feia pra gente. Achamos péssimo.

É, o motorista aloprado ia costurando pelo meio das ruas, das calçadas, do que tivesse pela frente. Impossível tirar alguma foto decente. Porque era ou a foto ou a nossa sobrevivência. Se eu soltasse uma das mãos, tenho certeza de que ia cair. O idiota levou a gente para a frente duma galeria e ficou apontando e falando umas coisas incompreensíveis. Eu e a Sophy nem nos mexemos. É claro que a gente entendeu o que ele queria, mas eu só conseguia pensar em voltar dali o mais rápido possível e descer daquela bicicleta de malucos. A Grude disse também que ali não era um bom lugar para se comprar nada, porque era tudo fajuto, falso, de qualidade ruim.

Mas a gente tava tão apavorada com tudo que fazer compras com certeza seria a última opção em que pensaríamos naquele momento. E olha que a gente é viciada em comprar. Para vocês verem o nível da situação!!!

É, mas isso não foi nada comparado ao que descobrimos depois. Se você acha que já viu de tudo na vida, não sabe de nada. Para ir ao banheiro aqui é preciso ficar em pé. Na verdade, chamar aquilo de banheiro é um luxo. São uns buracos no chão e você precisa acertar "as coisas" lá dentro. Inacreditável!!! E muitos não tem nem papel higiênico, só uma água do lado, que serve para você se limpar e despejar de novo no buraco, como uma descarga. Eca, um nojo!!

Eu deixei até de beber água, para evitar ir ao banheiro, ou melhor, essa coisa que eles chamam de banheiro. Ai, que saudade da minha casinha, com tudo bonitinho, arrumadinho, limpinho...

Eu também!!! Isso aqui é um pandemônio de gente e de loucuras de todos os tipos! E, ainda por cima, tudo supernojento!!!

* * *

15 de agosto – 16h18 – Muuuiiito cansadas!

Bom, depois de um lanche decente (e vamos confessar que se não fosse a Grude, era capaz de a gente comer aranha frita. Ela é que nos levou a um lugar legal e pediu uns sanduíches de verdade para a gente) e de respirar ar puro por alguns minutos, chegamos a uma conclusão impressionante: nossa estada aqui é como se fosse um ritual de iniciação, e precisamos vivenciá-lo até o fim.

O que quer dizer encarar tudo e não desistir! Então, resolvemos fazer uma segunda tentativa: pegar o nosso guia, com os mapas das ruas, e começar a tentar entender como tudo funciona. Decidimos encontrar sozinhas a praça Yáh Chee Lit. Haha. Até parece!!! Como se fosse possível!!!!

Óbvio que não!! Primeiro, nunca andei tanto na minha vida. Segundo, sabe qual foi a outra conclusão a que chegamos??? Se perder é normal. Se você não nasceu com um GPS dentro do cérebro, você NUNCA vai conseguir andar por aqui. As mes-

mas ruas têm vários nomes diferentes e, ainda por cima, nunca são iguais ao que está escrito no maldito mapa.

Sério, como uma empresa, uma editora séria, pode publicar um guia que só ajuda você a ficar ainda mais perdido??????? Além disso, a cidade foi construída de um jeito muito estranho, parece que você está num labirinto, e jamais vai encontrar a saída. Pegadinha de quinta categoria, sem graça nenhuma!!! As esquinas, os camelôs, as lojas, é tudo idêntico. Você anda, anda, anda e parece que não saiu do lugar. Você não consegue achar uma referência, para saber se tá no caminho certou ou errado, porque depois de vinte minutos andando, você está exatamente no mesmo lugar de antes!!!

Na boa, no meio de tudo, a gente ainda é literalmente atacada por todos os vendedores que se possa imaginar, que te puxam pelo braço e enfiam produtos praticamente dentro do seu nariz. É quase uma luta livre ao vivo, e você tem que se defender.

E sabe o que é pior, Lu? Algo me diz que hoje foi apenas uma das muitas vezes que a gente veio neste inferno. Sinceramente.

★ ★ ★

15 de agosto – 19h – Estamos completamente destruídas, pifadas, mortas!!!

Depois de quase um dia inteiro no meio daquela insanidade, com tanta coisa acontecendo ao mesmo tempo e milhares de pessoas andando freneticamente, como se fossem formigas, parece que fomos trituradas. Precisamos de uma semana para processar todas as informações. Nosso HD deu tilt geral.

Não aguentamos e voltamos correndo pro carro, e imploramos pro motorista do papai, que tanto esnobamos, para nos levar embora dali correndo!

* * *

15 de agosto – Sãs e salvas no carro, ufa, ufa, ufa!!

Ah, esquecemos de dizer. Compramos dois anéis, com uma pedra exótica, uma tal pedra do Tigre Negro, que vai ser nosso amuleto daqui por diante. Tudo bem que eu quase não consegui escolher e quis comprar uns sete anéis, mas tinham esses especiais do tigre, que a Sophy gostou também, e aquele vendedor tailandês, com cara de psicopata, nos contou uma história incrível sobre eles que tinha certos poderes... Então, na dúvida, num país estranho, com gente esquisita...

Achamos melhor nos proteger. Tudo bem que pode ser pura superstição ou o vendedor psicopata fez a gente de imbecil mais uma vez, mas e daí??? Quando a gente voltar pro Brasil, vai tirar a maior onda, contando a mesma história que ouvimos sobre os anéis de 1700, a pedra do Tigre Negro etc. Ainda mais porque ninguém vai saber se é verdade ou pura invenção, só a gente mesmo, então... E que a pedra roxa é linda, isso é!!!!!

Tinha também pingentes de dentes de elefante, mas ficamos com pena. A Mee disse que os elefantes daqui estão em extinção, pois são caçados por causa dos seus valiosos dentes... Sei lá, deu pena mesmo. Aliás, isso sim, deve ser divertido – andar em cima de um elefante. Mas primeiro precisamos nos recuperar do choque de hoje!!!

Numa boa, o papai hoje não vai poder falar nada da gente, depois de todo o nosso esforço!!

Nem hoje, nem nunca mais. Porque a gente se superou, cara!

Superamos todos os nossos limites, incluindo os psicológicos!!!

▶ENTRADA
▶SAÍDA
▶RASCUNHOS
▶ENVIADOS
▶APAGADOS
▶SPAM
▶GRUPOS

ENVIAR

Mãe,
passamos o dia inteiro no centro da cidade – Bangkok. Você poderia ficar orgulhosa de nós, porque fomos verdadeiras heroínas. Andamos de tuk-tuk (já ouviu falar?), passeamos pelas ruas, aprendemos algumas palavras e até usamos um banheiro típico daqui. Mãe, você sabia que os banheiros daqui não têm descarga, que são um buraco no chão??? Foi meio chocante descobrir isso.

No mais, andamos, andamos, tentamos achar algumas ruas pelo mapa (infelizmente não deu certo) e... Ah, compramos dois anéis que vão nos trazer sorte a partir de agora, segundo o vendedor. Eles são muito antigos, de 1700. Depois escrevemos com mais calma. Precisamos jantar, a Mee está chamando.

Beijosss thais das suas filhas queridas

- ENTRADA
- SAÍDA
- RASCUNHOS
- ENVIADOS
- APAGADOS
- SPAM
- GRUPOS

ENVIAR

Gatas-garotas,
vamos ter que escrever rápido, porque o papai deu uma travada forte no computador e o jantar está na mesa. Mas vocês não imaginam o dia que tivemos hoje. Chegamos a uma conclusão assustadora: viemos parar no meio do inferno! Vocês vão concordar com a gente. Porque as pessoas são loucas, a cidade não faz sentido nenhum, os vendedores atacam as pessoas em plena luz do dia, os tuk-tuks não têm graça nenhuma e, para finalizar, aqui não tem banheiro. É!!! Isso mesmo, não existe descarga, você precisa fazer as necessidades em pé, em cima de um buraco. Não temos fotos para enviar, porque hoje fiquei com medo de perder a máquina no meio daquele tumulto e não tirei da mochila.
Ah, por favor, mandem notícias de tudo e da galera para ajudar a gente a suportar isso aqui.
Beijos da Lu e da Sophy

PS 1: Até segunda ordem o MSN está bloqueado também. Saco!!!!
PS 2: Não se esqueçam da gente – pleeeeeaaaase!!!

Explorando a vizinhança e descobrindo a Arte dos Oito Membros

16 de agosto – Poderosas!!!

Depois do fiasco de ontem e refeitas das piadinhas do jantar, tipo "isso não foi nada" e "vocês são é duas frescas que parecem ter 5 anos de idade" ou ainda "minhas filhas, afinal, para que vocês vieram aqui, se não foi para passar por todo o tipo de experiências?", acordamos completamente decididas!!!

É, a partir de agora, vamos explorar esta cidade maldita, custe o que custar, até a gente ficar fera no local!!! Saber tudo e mais alguma coisa!!! Em termos práticos, isso significa começar pela vizinhança. Sair porta afora andando em qualquer direção!!

A Grude vai com a gente. Já estou quase me acostumando com a presença dela 24 horas por dia. E temos que admitir que, se não fosse ela, já teríamos surtado muito mais. Tudo bem que ela bem que podia pegar mais leve às vezes, com aquelas regras e horários para tudo que temos que cumprir... Mas no meio dessa maluquice toda, ela quase, quase, vejam bem, parece uma pessoa normal. E, de qualquer maneira, já deu para perceber que papai confia muito nela.

Bom, no primeiro passeio rumo aos territórios desconhecidos do nosso bairro, Lu pirou com uma academia de artes marciais.

Claro!!! Achei o máximo!!! Se é para a gente "mergulhar na cultura local e aprender uma forma de viver completamente diferente" (na boa, não aguento mais ouvir isso!!!), nada melhor que entrar para uma luta local!!! E, depois, a aula que a gente ficou lá assistindo me surpreendeu! Os golpes, a agilidade, as palavras de força... Fiquei realmente impressionada!

É, mas enquanto você ficava lá hipnotizada, eu me dei ao trabalho de ler o que estava escrito no mural. "O boxe tailandês consiste em uma arte marcial criada há mais de mil anos. É considerada uma das mais poderosas lutas do mundo, pela explosão de golpe e de agilidade. Também é conhecida como 'A Arte dos Oito Membros', pois caracteriza-se pelo uso dos cotovelos, joelhos e golpes violentos com a canela e os pés, além dos punhos, em contraponto a artes que ultilizam apenas os quatro membros, somente os pés e as mãos." Ou seja, vale quase tudo. Socorro! Eu não quero me machucar, nem chegar em casa toda ensanguentada, por causa desse boxe tailândes. Não mesmo!

É Muay Thay, para os íntimos, falou? E, mesmo não lendo os murais, eu saquei tudo. Porque o professor, o Rõnk Poo Utai, no final me explicou alguns pontos e a Luh traduziu. Ele disse que o boxe tailândes, também chamado de "A Arte dos Oito Membros", era uma filosofia de vida, que jamais poderia ser praticada de qualquer jeito, porque era preciso ter respeito, aprender a reverenciar os mestres e compreender tudo que estava por trás de cada golpe. Não é um exercício qualquer, muito menos uma diversão idiota, entendeu???

Claro que eu entendi. E vamos deixar claro que a única idiota que eu tô vendo aqui se chama Luiza, tá legal???

Ih, pirou, garota. Só porque ficou lendo o mural e aprendeu quais são os golpes principais, tá se achando!!! Qual é? Tem um ditado que diz que a melhor maneira de conhecer a verdadeira natureza das pessoas é dando poder a elas. Eu concordo. Você nem bem começou as aulas e já tá se achando a rainha da cocada. Me poupe, Sofia. Me erra. Aqui você não passa do cocô do elefante, não faz diferença nenhuma!! Cai na real, garota!!!

Ih, olha só quem fala!!! Que eu saiba, o professor, mestre, sei lá o que ele é, foi bem convicto quando disse que NÃO ia ensinar Muay Thay para a gente, e isso inclui você, óbvio!!!!

Isso é o que nós vamos ver! Porque, se depender de mim, eu não saio daqui até convencer ele! Nem que eu precise vir aqui todos os dias! Duvido não conseguir.

Ah... já entendi. Isso tudo é por causa daquele garoto, né? Como ele se chama mesmo?

Krup Mót Piha.

Meu Deus! E não é que você sabe falar o nome dele??? Tô chocada!!!

Não tem nada a ver. Só que ele foi o único que fez questão de vir falar com a gente no fim da aula, e disse que vai pedir ao professor para a gente frequentar a academia também.

Tô mais chocada ainda! E tudo isso você conseguiu articular com ele em apenas dois minutos de conversa??? Luiza, você às vezes realmente me surpreende!

Você sabe muito bem que quando eu me apaixono por alguma coisa, eu me jogo de cabeça.

Sei muito bem por qual "coisa" você se apaixonou! Mas confesso que nunca vi alguém se apaixonar com tanta rapidez!

Não é nada disso. Eu só gostei da luta, e quero praticar. E acho que você devia também, porque além da gente fazer uma atividade, a gente vai conhecer pessoas e aprender mais.

Hum... sei... "conhecer pessoas"... hum, hum... entendi perfeitamente.

Ai, quando você cisma com uma coisa você fica um saco, na boa, Sophy. Me deixa!!!!

★ ★ ★

7 de agosto - Jantar chato!!!

Os jantares estão cada vez mais chatos!!! E hoje, como se não bastasse toda a encheção da Sofia em cima de mim, ainda tive que ouvir as filhas metidas da Mee, a Chom Fa e a Jee, me torrando a paciência, dizendo que duvidavam que eu conseguisse entrar para o Muay Thay, porque aquilo é uma tradição e ninguém vai querer ensinar a arte a duas estrangeiras pirralhas, que vão embora daqui em pouco tempo. E daí que a gente não vai morar aqui pra sempre??? Na minha opinião, isso não tem nada a ver!!!!!!!!! E depois, elas vão ver se eu não vou entrar pra academia!!! Elas não me conhecem!!!!!!

Bom, essa ideia da Lu de boxe tailandês tá rendendo. E hoje o assunto do jantar foi sobre isso também. A Mee fez questão de dar mais uma aula e dizer que aqui tem uma certa moda de clubes de luta, onde os homens vão se exibir em cima de um ringue, tudo valendo dinheiro. É claro que o papai nem sonha que a gente sabe disso, mas a gente já sabia antes mesmo de chegar. Eu pesquisei tudo e falei pra Lu. Não é à toa que todo mundo chama a gente de Ligadas e Antenadas. Mas eu, Sophy (Sophy é só para os íntimos, valeu? Foi mal!), não tenho a menor pretensão de ver dois homens se matando em cima de um tablado, se ensanguentando, enquanto os manés em volta vibram. Caidaço. Sinceramente. E só me faltava a Luiza querer se meter numa coisa dessas! Tô fora!

Na boa, eu quero ver se algum otário vai se meter com a gente depois do Muay Thay!!

Sem comentários, por favor!

- ENTRADA
- SAÍDA
- RASCUNHOS
- ENVIADOS
- APAGADOS
- SPAM
- GRUPOS

ENVIAR

Mamy,
hoje o dia foi incrível!!!! Descobrimos uma academia superespecial onde as pessoas têm aulas da "Arte dos Oito Membros", uma espécie de luta que mistura tradições antigas. Eu adorei!!!!! A Sophy está cheia de preconceitos. Acho melhor você falar com ela. Papai gostou da ideia. Pelo menos, é um jeito da gente aprender um pouco a viver como eles aqui. Hum... que mais? Ah, não sei! A Sophy está no banho. Amanhã ela te escreve.

Beijossss da Lu e da Sophy

▶ ENTRADA
▶ SAÍDA
▶ RASCUNHOS
▶ ENVIADOS
▶ APAGADOS
▶ SPAM
▶ GRUPOS

ENVIAR

Amigas,
muitas saudades de vocês, de ir ao shopping, de ficar hooooooras no MSN, das comidas daí, enfim, de tudo... Mas aqui as coisas começam a melhorar!!! Em breve, me tornarei uma lutadora de Muay Thay. Sim, isso mesmo! Depois eu explico tudo pra vocês. O que importa é saber que eu irei voltar com força total. Me aguardem!!!!!!!!

Beijossss da Lu e da Sophy (tá no banho agora!)

PS: Nem todos os garotos aqui são horríveis!!!! Eeeeeehhhhh!!

Enfim, a escola!!!!!!!!!!!

2 de setembro - primeiro dia de aula!!!!!!

Tudo bem que não somos exatamente fãs de escola, mas, sinceramente, estavam se arrastando um pouco demais esses dias aqui totalmente sem um foco, sem uma rotina. E isso de ficar passeando, fazendo turismo, cansa muito mais do que eu tinha imaginado!

Haha, Sophy. Por que você não admite logo que é a maior CDF. Qual o problema?? E você se esqueceu de mencionar nossas aulas de thai diariamente com a Grude. Tudo bem que nossa evolução foi insignificante, mas pelo menos umas cinco palavras a gente já sabe falar.

É, já estamos começando a conseguir ler também, ou melhor, identificar qual o grunhido de cada letra e sílaba.

Acontece que hoje eu acordei com uma espinha gigante e não quero que ninguém me veja assim. Imagine então pisar na escola, logo no primeiro dia, desse jeito. Nem pensar!

Ah, tá bom! E você pretende fazer exatamente o quê? Chamar a Grude e falar: "Olha, tá vendo este ponto minúsculo aqui, que quase não dá para perceber?! Pois é, por causa dele eu não vou à escola. Vou faltar logo no primeiro dia." É isso? Sério, você acha que ela vai deixar? A gente só vai ser mais ridicularizada do que já é. Eu não aguento mais ser chamada de ocidental fresca. Te juro que tô quase abstraindo um monte de coisas que me incomodam horrores, só para não ter que ouvir mais nada.

Você tá falando isso porque não é com você. Porque não é o seu queixo que está com uma espinha enorme e nojenta.

Você sabe que não é isso, que eu me importo com você, sim. Mas é que eu estou vendo a cena: a gente na frente da Luh Lai explicando isso pra ela. Só vai piorar as coisas.

Será??? É, acho que você tem razão. Mas o que eu faço???

Você não trouxe nada? Não trouxe aquele bastãozinho, que parece uma base e seca a espinha, que a mamãe te deu?

Sophy!!!!!!!!!!!!!!!!!! Você é muito géni mesmo! Como eu pude me esquecer?? Lógico, o bastão!!!!!!!!!! Me espera só um segundinho que eu já volto. Valeu, Sophy!!!!!

De nada.

* * *

2 de setembro – o transporte surreal para a escola

Eu só tenho uma pergunta: por que ninguém NUNCA disse pra gente que só dava para chegar de barco à escola??????? Adoreeeeei, mas adoraria ainda mais se tivessem me avisado, porque assim eu tinha colocado uma roupa que molhasse menos.

Eu não acredito que você vai ficar reclamando. Que isso! Foi o máximo!!!!!!!! Nossa, isso, até agora, foi a experiência mais legal que já aconteceu. Imagina quando a gente voltar e contar que o transporte da escola era barco?! Que aqui tem um rio gigante, o Chao Phraya, que corta o país todo e as pessoas usam ele igual a gente anda de ônibus ou carro??????? Ninguém vai acreditar!!!

Tudo bem, concordo 100%, mas a gente tem que comentar TUDO, né??? E o barulho??? Socorro!!! Achei que meu ouvido ia explodir uma hora.

Deixa de ser exagerada. Você tá parecendo até eu!!!

Exagerada??? E as manobras????? Parecia que a gente estava num rally aquático, e ganhava quem chegasse mais rápido!!!

Ah, vai me dizer que você não gostou disso?? Sophy, aquilo é como se fosse uma avenida, entendeu?? Com muito fluxo de carros e comércio. Até parece que você não vai querer ir um dia lá só para a gente fazer compras no mercado flutuante. Eu vou!!!

É claro que eu vou, Lu. Só estou fazendo alguns comentários gerais, práticos, para a gente também não achar que é tudo tão maravilhoso! A água, por exemplo. Não vai me dizer que você não ficou com nojo daquela água escura??? E se o barco virasse? Duvido que você não tenha pensado nisso!

Pensei, sim, mas não acho que vale a pena ficar reforçando isso. E, em vez de olhar para a água, fiquei tirando fotos das casas penduradas. A Grude disse que se chamam palafitas, porque são feitas assim, em cima de paus sobre o rio. E que ali era uma zona mais pobre da cidade.

Pobre é pouco, né??? Ali era a favela aquática. Isso sim!!!

Você tá chata. Eu agora só quero me divertir e pensar nas coisas incríveis. Por falar nisso, que tanto você ficou falando com aquele garoto louro???

O George??

Ah, quer dizer então que você já sabe o nome do garoto também?! E depois fala de mim! Você é muito engraçada, Sofia!!!

Nada a ver. E era outra situação. A gente tava lá na escola, e ele veio oferecer ajuda. Nada de mais.

Hum, hum. Sei.

É, ué. Que é que tem???? Pois fique sabendo que o pai dele parece com o nosso. Ele disse que os pais são diplomatas e, por isso, viajam muito e moram em muitos países diferentes. E que aquela escola era a mais indicada para os estrangeiros. Você não reparou que tinha gente de todos os lugares do mundo lá??

Ah, então é por isso? Pior que reparei, mas não entendi nada, e também estava achando tudo muito estranho e, por mais que a professora se esforçasse para falar em thai devagar, eu só entendia quando ela falava em inglês. E depois não adiantava nada ela ficar fazendo caras e bocas, repetindo as palavras como se fosse uma macaca de imitação, porque pra mim aquilo tudo lá era grego!!!

Peraí... Por acaso a senhorita "sou livre e atirada" está me dizendo que ficou com medo e travou????

Não foi nada disso!!!

Ah, é??? Então foi o quê???

Ah, sei lá. E você, hein?! Não muda de assunto não, que eu te conheço muito bem. Quer dizer então que o inglesinho te azarou??? Aê, Sophyyy... já no primeiro dia!!!! Quem diria!!!!!

Já falei que não é nada disso! Ele é apenas um menino legal e quer ajudar a gente.

Tá bom, Sophy, eu vou fingir que acredito, tá legal???

Por falar nisso, não tá hora de você tomar banho, não???

Tá, já entendi. Hoje, é você quem escreve os e-mails. Saco, vou lá, até daqui a pouco.

- ENTRADA
- SAÍDA
- RASCUNHOS
- ENVIADOS
- APAGADOS
- SPAM
- GRUPOS

ENVIAR

Mãe,

hoje foi nosso primeiro dia de aulas. Você sabia que para ir até a escola a gente só podia ir de barco??? Pois é, a gente também não!! Hum... Como eu vou dizer? Foi estranho e divertido ao mesmo tempo. A Lu tirou muitas fotos (mando algumas em anexo). Desta vez, ficaram bonitas. Na escola, a professora fala tudo em inglês e thai ao mesmo tempo. Acho que é o método deles para ver se a gente aprende mais rápido a língua. Só tem estrangeiros lá. E tinha um inglês, filho de diplomatas, que se ofereceu para ajudar a gente com as matérias, e eu achei isso ótimo. Bom, amanhã a Lu te escreve.

Muitos beijossss
Da Sophy e da Lu

ENTRADA
SAÍDA
RASCUNHOS
ENVIADOS
APAGADOS
SPAM
GRUPOS

ENVIAR

Gente!!!!!!!!!!!

Se eu falar que para ir até a escola a gente vai ter que cruzar uns canais de barco todos os dias, vocês acreditam??? Pois é, totalmente louco e diferente!!! Bom, pra resumir: hoje foi nosso primeiro dia de aulas. Aqui é tudo ao contrário. As férias grandes são no meio do ano e a escola só tem estrangeiros. Ah, a Lu não gostou muito de voltar às aulas, mas eu adorei!!! Sinceramente, ficar de férias, meio perdida sem saber o que fazer, já tava enchendo. Depois eu escrevo mais. Vejam as fotos da Lu, ficaram lindas.

Beijosss para todas

PS: Eu não vou ficar escrevendo os nomes dos bairros, do rio, da escola, porque vocês não vão conseguir ler, não vão conseguir pronunciar e não vão lembrar mesmo... então é melhor economizar e a gente pula essa parte! Tchau!!!!

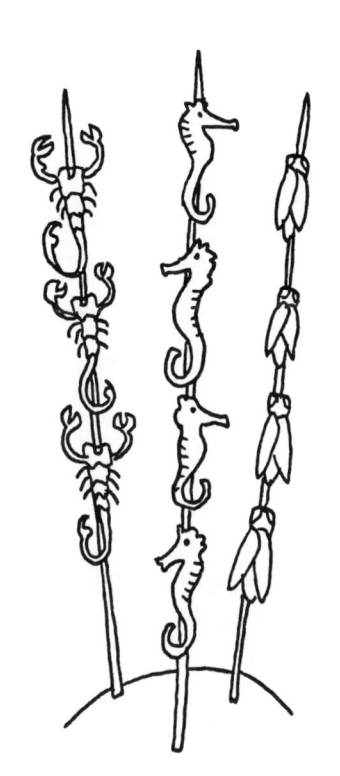

Vale tudo no estômago!!!!
Eca!!!!

25 de setembro – quase dois meses aqui!!

Vou aproveitar que hoje é domingo, e vou escrever sobre um assunto em especial, que anda me encucando. Então, enquanto a Sophy tá lá mergulhada no livro dela, vou poder ficar aqui escrevendo sossegada por um bom tempo. Tem uma coisa aqui na Tailândia que me impressiona demais, que é o que as pessoas são capazes de comer. E pior ainda, comem como se fossem iguarias, comidas deliciosas... Arght! Me dá muito nojo!!! Vou listar tudo que eu já vi as pessoas comendo, porque se eu não escrever isso agora, duvido que alguém vai acreditar em mim depois. Vou começar com tripas – é tripa de tudo, de galinha, de vaca, de porco... Depois, tem macaco e cobra. Sério! Carne de macaco e de cobra é tipo supernormal aqui, como se fosse picanha. Imagina, você andando pelas ruas da cidade, aí vem o vendedor: "Churrasquinho de macaco, olha o rabo da cobra, tripa de porco empanada..." Gente, como é que dá para comer um troço desses? Ah, já ia me esquecendo. Tem intestino também. Um lance light. Na boa, nem que a gente passe cinquenta anos aqui, o meu pai não vai conseguir convencer a gente NUNCA, nunca mesmo, a comer isso!!! E pimenta, pimenta, pimenta... Nunca vi. Toda a comida leva pimenta. Pimenta vermelha, pimenta amarela, pimenta verde... pimenta disso, pimenta daquilo. Haja água. E potinhos. Sim, eles adoram potinhos definitivamente. Um potinho para o arroz, um potinho para a comida, um potinho para os legumes... e você que se vire com os malditos palitos nos micropotinhos. Se bem que tô quase dominando essa parada. Ai, não. Não acredito!! Como é que a Sophy descobriu que eu tava escrevendo sem ela?? Impressionante. Agora não vai ter jeito, lá vem ela correndo dar seus pitacos também. É incrível, não pode me ver quieta que tem que vir atrás. Saco!! Ô antena!!!

Me dá esse caderno aqui. O que que você estava escrevendo escondida?? Deixa eu ver. Ah, sobre comidas nojentas... Nossa, o George me contou um monte de coisas inteligentes.

Tô pasma. O George? De novo? Gente, fala sério!!! Você tá apaixonada por ele. Sofia, por acaso você tá namorando ele? Responde!!

Ai, claro que não. Como você é boba, só porque a gente fica conversando... A questão é que o George já morou em muitos países e tem muitos conhecimentos. Ele sempre tem algo interessante para dizer. Aliás, aproveitando o assunto de hoje do nosso diário, você sabia que na China eles comem coisa muito pior?

Duvido. Pior do que macaco e cobra???

É, espetinho de escorpião, de cavalo-marinho, de cigarra, e até as partes íntimas de animais como a foca e o cavalo eles comem. Dizem que é para melhorar o... hum... como vou dizer?... o... a... a noite de amor, pronto!!!!

Acho que vou vomitar.

Não vai nada. Você não queria falar sobre isso? Então, deixa que eu escrevo o resto agora.

Dããã – você JÁ tá escrevendo, sua débi!!!

Então, presta atenção, porque eu não acabei. O George falou que o que mais o deixou espantado foi quando ele morou na Coreia do Sul, porque lá eles comem cachorro na chapa.

Ah, não! Agora passou de todos os limites. Acho que vou desmaiar. Sério. Comer cachorro? Eles não têm sentimentos? Como têm coragem de matar cachorro para comer, meu Deus??? E na chapa, ainda por cima!!! Nunca mais vou conseguir olhar um cachorro com os mesmos olhos.

A nossa sorte é que, por mais que a gente seja "as frescas", "as branquelas" ou "as ocidentais esquisitas", todo mundo pega leve com a gente. Imagina se aqui em casa nos obrigassem a comer macaco, cobra, essas coisas horríveis??? Já pensou, Lu? Podia ser bem pior!

Mas sempre pode piorar. Lei de Murphy! Se liga, Sophy!

Tô ligada. Aliás, eu acho que já está mais do que na hora da gente se aventurar na cozinha e tentar fazer alguma comida exótica que nem eles.

Você diz comida, comida???

É, ué. Por que não? Você não viu quantos temperos tem lá na cozinha, tudo colorido???

Vi, sim. Mas a gente vai fazer o quê? Um camarão tailandês, por exemplo??

Ótima ideia.

Não!!! Você pirou mesmo, né??? E onde a gente vai arrumar o camarão fresco??? Eu não sei cozinhar camarão.

A gente pede pra Luh Lai nos ajudar. Vai ser o máximo! E a gente ainda faz uma surpresa espetacular. Diz que o jantar foi preparado por nós, e até aquele velho sinistro vai gostar. Tenho certeza. Eu também já pesquisei umas coisas na internet outro dia. Aqui, todos os pratos precisam equilibrar os quatro sabores: amargo, doce, salgado e azedo. É só a gente colocar umas frutas e um monte de temperos que fica tudo certo.

Na boa, essa eu quero ver! E, vem cá, como você conseguiu ficar na internet???

Te conto na cozinha. Vem!

★ ★ ★

Viagem à plantação do Black dragon

(calma, é só um chá, gente!!!)

30 de setembro – 5h37, noite ainda

Estamos no jipe do papai, indo em direção às altas montanhas da Tailândia. Está tudo escuro ainda, maior frio e estou praticamente dormindo em pé. Papai inventou de fazer um passeio diferente com a gente, já que hoje não tem aulas. Só que ele tem trabalho. Então, pra ser mais rápido, ele vai pra lá de helicóptero. Chique mesmo. Mas eu confesso que tenho uma certa claustrofobia. Andei uma vez de helicóptero e simplesmente odiei. Fiquei superenjoada, com falta de ar, achei que ia desmaiar lá dentro. Sem falar do medo de cair, porque aquilo balança demais. Qualquer ventinho já desestabiliza o troço. Dá muita insegurança. Sophy continua dormindo. Não sei como ela consegue, porque o carro passa por cada buraco que parece até que a gente vai voar. A Grude está quietinha. O dia começa a amanhecer agora. Acho que vou tirar umas fotinhos. Vão ficar lindas com essa luz.

Já chegamos? Onde estamos? Ai, que sono! Há quantas horas estamos viajando? Que lugar é esse? Cadê o papai?

Ai, criatura. Calma. Uma pergunta de cada vez! Estamos no meio de estradas desertas da Tailândia, perigosíssimas, e acredito que estamos perdidas, e o idiota do motorista não vai admitir nunca. Numa boa, Sophy! E as cobras??? Já pensou quantas cobras devem ter por aqui? Dá uma olhada pela janela. Porque se lá no centro é aquela loucura, com os malucos exibindo elas no meio das ruas, aqui estamos no seu habitat natural. Sophy, se o carro enguiçar agora, neste exato momento, a gente vai ser devorada por aquelas cobras que são capazes de comer um ser humano de uma vez só, sem mastigar. E vamos passar o resto dos nossos dias esfarelando dentro da cobra, até não restar mais nada, nem um fio de cabelo pra contar a história. Vamos morrer sem rastro nenhum! Que horror, Sophy! Quero voltar. Moço, por favor, me diga que esse jipe nunca enguiçou antes não, né??? Ai, tô tipo apavorada de verdade!!!

Luiza, você devia ser cineasta, porque sua cabeça gira como um roteiro de filme o tempo todo. Não estamos no meio do *Indiana Jones* não, caso você não tenha percebido! Meu Deus, *sermos engolidas inteiras por cobras, morrer sem deixar rastro...* A gente só tá numa estradinha secundária, e o papai já deve estar esperando a gente lá, só que ele foi de helicóptero. Agora me lembrei! Se liga! Às vezes, tenho medo de você, Luiza!! Não sei como você consegue dormir!

Pois fique sabendo que eu durmo muito bem. Tenho sonhos incríveis, e, aliás, achei uma ótima ideia essa sua. Vou começar a anotar minhas ideias para roteiros de filmes, já que eu tenho um talento natural para a coisa. Vou aproveitar minha imaginação fértil e começar a ganhar dinheiro com ela. Valeu pelo toque, Sophy.

Ah, fica quieta, Luiza. Ó, já estamos chegando. Deve ser ali!!!

* * *

30 de setembro – meio-dia
hora da bronca inesperada!

Papai chegou bufando com o telefone celular em punho. Disse que a mamãe tinha ligado para ele, toda nervosa, tirando satisfações porque... porque a gente esqueceu de mandar o e-mail para ela ontem. Ah, não!!!! Sofia, não vai me dizer que a "senhorita sabe-tudo e sou infalível" não mandou o nosso maldito e-mail??? Pô, Sophy, ontem era a sua vez de escrever!!!!

Caraca!!! Lu, a gente esqueceu completamente. Ela deve ter surtado.

A gente não, cara-pálida!! Você!!! Quem esqueceu de mandar o e-mail foi você!!! E você ouviu o que o papai disse? Que a mamãe estava prestes a comprar uma passagem de avião e vir aqui buscar a gente na marra. Logo agora que a gente tá se acostumando e começando a gostar?! E tudo isso por culpa de quem? De quem???

A mamãe sempre foi tão dramática e exagerada! Coitado do papai. Esqueci, sei lá, você foi tomar banho, e eu acabei apagando.

O papai está chamando e apontando o telefone. A mamãe deve tá na linha esperando pra falar. Você que vá até lá se explicar. Eu não quero nem saber. Na boa!!!

(...)

Tá bom, fui lá, pedi um milhão de desculpas, expliquei que tinha esquecido, que foi sem querer, que não ia acontecer de novo etc., etc... Ai, gastei toda a minha lábia.

Você é boa nisso. Eu vi muito bem como funcionou com o George. Em poucos minutos, você estava namorando ele.

Eu não tô namorando ele. Saco!!!! Quantas vezes vou precisar ficar repetindo isso?! E você e o Krup??

Por falar nele, hoje era dia de ir à academia e a gente está aqui. Isso significa que não vou ver o Krup Mót Piha, e isso é péssimo.

Aí, não tô falando??? Depois eu que tenho lábia! Fica quieta, Lu! A Grude tá chamando para ir ver a plantação de *black dragon*. Trouxe os chapéus?

Como é que é? Black dragon? Dragão negro? Que espécie de chá é esse? Alucinógeno??

É um tipo de chá chinês, meio verde, meio preto. As lendas dizem que uma vez, enquanto um agricultor estava fazendo seu chá de folhas secas, de repente apareceu uma grande cobra preta, que parecia quase ser um dragão. O agricultor fugiu correndo, mas, quando voltou, as folhas do chá tinham escurecido, e isso sem querer acabou produzindo um chá completamente dife-rente dos outros, ainda melhor. É por isso que as folhas do *black dragon* depois de colhidas ainda precisam de um tempo para serem oxidadas. Gostou???

Realmente impressionante!!! Agora, para mim, não teria diferença alguma se fosse uma plantação de arroz, já que a Tailândia é o maior exportador de arroz do mundo. Mas tudo bem também. Qual seria a graça de ver arroz sendo plantado?! Bom, pega lá no jipe aqueles chapéus que compramos, porque afinal a hora é essa!!! Já que vou andar pelo meio da plantação, quero estar vestida de acordo. E isso inclui esses chapéus enormes, iguais aos que a gente viu naquele filme.

* * *

30 de setembro – 14h30 – depois de caminhar quiilôôôôômetros no meio da plantação

Ok, ok, ok. Uma coisa é ler na internet, pesquisar, descobrir lendas ou ficar sabendo de tudo sem pôr o nariz fora de casa. Outra (totalmente diferente, vamos combinar!!!) é ver o mundo ao vivo e em cores. E principalmente com nossos pés, quilômetro por quilômetro. Ok, não foram exatamente 10km, mas com certeza alguns milhares de metros. Meus pés são só bolhas agora, vou ter que voltar pra casa descalça, porque o sapato não entra mais. Minha cara está roxa, não é nem mais vermelha. Sinceramente, vir até aqui, às montanhas altas, ver de perto o *black dragon*, tudo bem, tudo muito interessante. Mas meia hora já tinha dado pro gasto. Mas não. Papai insistiu, quis ser simpático com os agricultores, quis ver tudo e mais alguma coisa, como se ele mesmo fosse querer comprar aquelas terras, quis ir até o final da plantação... E a gente lá, quase morrendo sob o sol, de sede e cansaço. Ai. Pelo menos, agora acabou!

Também estou exausta. Mas eu até que gostei. Tirei fotos incríveis, e adorei esse chá. Vou levar pra continuar tomando em casa, e antes de voltar pro Brasil com certeza vou comprar mais. Assim, quando eu mostrar as fotos, explicar todo o processo do black dragon *e você contar a lenda, a gente ainda pode terminar o assunto fazendo o chá para nossas amigas, vindo diretamente da Tailândia. O verdadeiro dragão negro. O máximo!!!!*

Você realmente consegue me supreender. Não consigo pensar em mais nada agora. Tô arrasada!

- ENTRADA
- SAÍDA
- RASCUNHOS
- ENVIADOS
- APAGADOS
- SPAM
- GRUPOS

ENVIAR

Mamyzinha,

desculpa de novo eu ter esquecido o e-mail ontem. É que às vezes chega o fim do dia e estamos completamente mortas (como hoje). Mas está tudo bem, como te falei. Hoje, visitamos aquela plantação de chá negro e foi legal. A Lu aproveitou mais porque ficou tirando fotos de tudo. Eu achei muito quente. Na escola, está tudo bem também. Estamos aprendendo coisas novas, apesar de não ser nada fácil. O barco às vezes também parece que vai virar. Dá medo, porque aquela água é muito suja. Mas enfim. Estamos "sobrevivendo". Outro assunto, mumy – as filhas da Mee são legais. Mas a Lu continua implicando. De repente, você poderia falar com ela sobre isso. Amanhã eu escrevo mais, tá? Tô muuuuuuiiiiito cansada mesmo.

Beijossss especiais da Sophy e da Lu

- ENTRADA
- SAÍDA
- RASCUNHOS
- ENVIADOS
- APAGADOS
- SPAM
- GRUPOS

ENVIAR

Galera,

sem condições de escrever. O dia hoje foi triturante, ficar andando sob o sol escaldante, no meio de folhas que não acabam mais de um chá exótico não dá. Aliás, exótica está a minha cara e os meus pés em bolhas. Amanhã eu juro que escrevo com novidades.

Beijossss das gêmeas do outro lado do mundo

PS: A Flavinha ficou ou não com o Nando? Não consegui entender esse rolo!!!!

Ah, não! Tinha que ser com a Sofia!!

É sempre assim!!!

30 de setembro – 18h09 – o surto

Não tô acreditando!!!! Alguém mexeu nas minhas coisas e o meu sutiã de florzinha rosa sumiu, desapareceu!!!! Eu tenho certeza absoluta de que guardei ele aqui e ele não está mais. Foi você, Sofia? Que saco, isso! Fala logo, Sofia. Tô esperando.

Não fui eu. Só posso te dizer isso. Pra que eu ia pegar os seus sutiãs se eu tenho os meus, que, aliás, são bem mais bonitos?!

Porque desde que a mamãe me deu aquele sutiã de florzinha rosa, você não se conformou e ficou morrendo de ciúmes. Mas... Se não foi você... Então quem foi??

O velho sinistro. Só pode ter sido ele.

Que horror, Sophy! Mas pra que ele ia querer o meu sutiã? Pra fazer alguma magia comigo? Mas que espécie de bruxaria ele poderia querer fazer? Ele quase não fala, fica lá no meio das plantas dele... Não, não... Isso é muito doentio. Deve ter sido a idiota da Chom Fa ou a mais idiota ainda Nhang Jee, sabia?? Só para me aporrinharem. Porque ontem elas vieram tentar se fazer de amiguinhas comigo, querendo saber se eu estava interessada em algum garoto, coisas do gênero, e eu dei a maior patada. Deve ter sido vingança.

E por que você foi dar patada nelas se elas estão se esforçando tanto para serem nossas amigas? Você já se tocou que qualquer coisa que aconteça com a gente, digo, desses assuntos de mulher, a gente não tem com quem conversar, a não ser com elas, porque a mamãe está do outro lado do mundo? Já pensou nisso, sua débi???

Eu quero meu sutiã de volta. Apóstolo que foram elas! Já volto!

Eu quero meu sutiã de volta. Aposto que foram elas! Já volto!

* * *

4 de outubro - a Sofia ficou menstruada ontem!

Ontem foi o Dia do Caos, porque simplesmente dona Sofia resolveu ficar menstruada. Inacreditável!!!!!!!!!!!!!!!!!!!!!!!! Sim, porque é impressionante como a Sofia faz questão de ser a primeira em tudo. Quem beijou primeiro? Ela. Quem usou sutiã primeiro? Ela. Quem depilou primeiro? Ela, claro. E agora a última coisa que faltava – a menstruação. Quem ficou primeiro? Ela!! Claro que ela tinha que ficar primeiro!!! Como se eu tivesse alguma dúvida. Era lógico!!!! Agora isso eu não entendo. Que espécie de gêmeas nós somos, se as coisas nunca acontecem ao mesmo tempo com a gente??? Não entendo. Ih, lá vem ela. Aposto que vai querer pegar o caderno para ficar escrevendo sobre ela, o que aconteceu, como aconteceu, maior enchação. Vou virar a página e deixar o caderno no mesmo lugar. Não quero que ela leia isso.

4 de outubro – Ai, ai...

Ai, ai... Ontem eu fiquei menstruada, bem no meio da Tailândia. Acho que vou ser a única garota brasileira que um dia vai poder dizer: "Bom, minha primeira menstruação aconteceu na Tailândia." Estou achando isso superchique, tipo diferente mesmo. Tudo bem que não teve muita graça acordar e ver a cama suja. Mas antes isso do que ficar no meio da escola, na rua, em cima do tuk- tuk... Ai, não quero nem pensar. Imagina se o George me visse ficando menstruada ou algo assim? Não, não... Deus, obrigada, juro que não reclamo mais. A Luiza ficou meio atordoada sem saber o que fazer, disse que ia chamar o papai. A sorte é que a Mee viu nosso pânico com a situação e teve toda a paciência do mundo. Sentou na cama (na outra, claro!) e explicou tudo: o que era a menstruação, como a gente devia fazer, que isso era uma bênção, e falou que o jantar hoje seria especial, para celebrar a minha entrada no mundo das mulheres. A Luiza ficou muda, olhando. Depois, veio a Nhang Jee e falou outras coisas e me deu uns absorventes todos fofos. Adorei. Eu sempre disse pra Lu que as filhas da Mee eram legais, que ela tava implicando de bobeira. Ai, lá vem a Luiza, depois eu continuo. Vou virar a página, não quero que ela leia isso.

* * *

4 de outubro – véspera de amanhã

Sabe, Lu, eu tava aqui pensando... nisso de ter ficado menstruada logo aqui. Hum... Será que é algum sinal?

Sinal do quê? De que você é sempre a primeira em tudo e isso significa que você é melhor do que eu???

Claro que não. Como você é boba. E eu aposto que daqui a um mês no máximo vai ser a sua vez. Não, o que eu tava pensando era se isso era tipo uma "má sorte", que nem se diz por aqui? Sei lá, esse povo é tão cheio de símbolos e superstições que já estou acreditando em qualquer coisa. Você não se lembra daquele dia que papai visitou a casa de um alto funcionário da embaixada americana e tinha um quadro com a tromba de um elefante para baixo?! E que, por causa disso, ele só faltou sair correndo na hora?! Lembra? Depois, ele ficou horas falando com a gente que aquela casa estava marcada com energias negativas poderosíssimas! Veja bem, Luiza, estamos falando do papai que tem o triplo da nossa idade!

Ai, já estou megaimpressionada com isso. Os hormônios estão afetando sua capacidade de raciocinar. A não ser... A não ser que... Sophy, por acaso, você perdeu o nosso amuleto? Aí, sim, isso tudo não seria apenas um mero acaso, não é? Deve ter alguma relação. Eu não te falei que não era para tirar o anel com a pedra do Tigre Negro?

Ai, sinceramente, você quando decide bancar a antenada espiritualizada é quase de matar, sabia? Não, por acaso eu não perdi nosso amuleto não, só tirei ele do dedo porque não aguentava mais, tava me apertando muito. Aliás, tenho a sensação de que meus dedos incharam muito aqui. Esse calor também está me matando.

Sofia, você tá quase parecendo a tia Lily quando entrou na menopausa. Para de fazer drama. Você SÓ ficou menstruada, tá legal? Só isso.

E você acha isso pouco?? Eu acho que você tá no recalque.

Eu não. Só não acho justo que TUDO tem que acontecer PRIMEIRO com você. Você beijou primeiro, você usou sutiã primeiro e agora você também ficou menstruada primeiro. Você acha isso certo, me diz?? Porque eu não acho!!!

Você nem sabe o que eu passei ontem, o que eu senti, porque você só sabe fazer escândalo e ficar competindo. Vê se cresce. Ontem foi um dia superdifícil, tá? E eu achei que você tinha entendido. Sabe o que é acordar e ver aquele sangue na cama? Eu me assustei, tá bom?! Fora a vergonha. A sorte foi que Mee e Jee depois do banho já estavam lá me esperando para me explicarem tudo melhor, me deram absorventes, me abraçaram e também me deram um presente.

A Nhang Jee também?

Ela mesma. Eu já te disse mil vezes que já tá na hora de parar com esse ciúme idiota.

(silêncio)

O que foi?

Nada, tava aqui pensando. Acho que você tem razão. Bom, já que falamos com a mamãe ontem por telefone, por causa do "evento do ano", será que vamos precisar escrever o e-mail hoje também??

O que você acha???

Tá, tá, já entendi, tô indo.

▶ ENTRADA
▶ SAÍDA
▶ RASCUNHOS
▶ ENVIADOS
▶ APAGADOS
▶ SPAM
▶ GRUPOS

ENVIAR

Mamãe,
como falamos ontem com você durante uma hora no telefone, não temos muitas novidades não. Exceto que a Sophy tá se achando só porque ficou menstruada. Eu não acho isso justo. Em TUDO ela tem que ser a primeira. E, ainda por cima, ela fica se fazendo de vítima, como se fosse uma coisa do outro mundo o que aconteceu com ela. Só falta também você me dizer que ela nasceu primeiro. Juro que eu tenho um troço. Bom, de resto as filhas da Mee (e a Mee) até que são legais. Elas foram supercarinhosas com a Sofia, deram presentes e tudo. É isso.

Beijossss, Lu

PS: Mãe, você vem mesmo passar o fim do ano com a gente??

- ENTRADA
- SAÍDA
- RASCUNHOS
- ENVIADOS
- APAGADOS
- SPAM
- GRUPOS

ENVIAR

Gente,
rolou um lance ontem aqui em casa, mas acho melhor a própria Sofia contar, porque eu já ando brigando muito com ela e não quero que ela fique ainda mais chateada comigo. Por aqui, tudo igual. Nada de novo. Saco. Espero as novidades daí. Não economizem as palavras!!!

Beijosss, Lu

Curiosidades e micos espetaculares!

8 de outubro – passeio com George

Bom, passada a novela mexicana da Sophy com a menstruação, a vida volta ao normal, ou seja, a escola, a Grude no nosso pé, aquele velho maluco nos espiando de longe, a Mee querendo ser simpática com a gente, e as nossas irmãs-não-irmãs tentando ser nossas amigas. Tudo igual. Até que a Chom ontem à noite teve a ideia mais brilhante de sua vida: dois dias inteiros de passeios só com a gente. Um com o George, o inglesinho da Sophy, e o outro dia com o Krup Mót, lá da academia de Muay Thay (tô levando mega a sério – tão pensando o quê??), que é meu amigo. É claro que elas precisaram convencer o papai e a Mee que se responsabilizariam pela gente (argh, como é ruim ser pré-adolescente), e fazer toda a produção, tipo ligar pro pai do George, pra mãe do Krup etc. Isso de ser um amigo nosso de cada vez foi ideia da Jee, porque assim cada um deles poderia nos mostrar coisas diferentes e lugares que eles conheciam, cada um do seu jeito. Achei maneiro isso. Mas é lógico que quando foi a vez dela combinar tudo com a família do Krup eu queria me enfiar no meio da horta do esquisitão Sairk Ber e não sair dali nunca mais!!!!

Bom, tudo resolvido, chegou o grande dia. Começamos o passeio pelo tal mercado flutuante, aquele que a gente sempre vê de longe quando vai pra escola. Sábado é a maior bombação. Vocês acreditam que chega a "engarrafar" de barcos no rio, de tanto movimento? Surreal. E fica um barco batendo no outro. Coitadas das pessoas que estavam remando, porque elas não conseguiam nem sair do lugar. E toda hora eu achava que ia cair, que agora, sim, tinha chegado a nossa hora!! O George ficou explicando tudo pra gente. A Sophy só sabia fazer se derreter para ele e tipo mandar uns comentários pra mim: "Ele é tão inteligente, né?", ou "Incrível, você viu como ele sabe tudo?". A parte chata do passeio foi essa deles dois. O mercado é muito legal mesmo, dá para comprar de tudo, artesanato, temperos (nunca vi tanto tempero na minha vida como neste país! Ô gente pra gostar de comida "quente"!), roupas, salgadinhos (e aqueles espetinhos "deliciosos" de escorpião e afins que já comentamos...).

O George explicou muitas coisas pra gente, não só do mercado. Ele finalmente esclareceu uma coisa que me incomodava desde que chegamos. A história dos cumprimentos. Só hoje entendi os micos todos que pagamos. Essa mania de brasileiro de sair pegando, rindo alto, beijando, abraçando... tsc, tsc... aqui não rola. Imagina!!! O certo é curvar o corpo pra frente e só!!!!!!!!! O cumprimento chama "wai". E tocar a cabeça de alguém, tipo zoando, é a maior falta de educação. Agora entendi aquele dia na escola por que o Vrap Ni Tuh ficou tão chateado quando o Frederic ficou zoando ele e, pior, com a mão na sua cabeça o tempo todo. Tadinho, deve ter achado a maior falta de respeito. E ele não saiu brigando, detonando, nem riu, nem nada. Ficou ofendido. Aqui é assim. Qualquer bobeira vira uma ofensa à família da pessoa, se você não se ligar no lance, comete a maior gafe.

Sophy, qual a diferença entre krabi phi phi, phi phi ley e phi phi don??? Que língua é essa? Às vezes, tenho certeza de que não vamos entender o thai nunca. Até porque isso aqui parece mais a língua do pipi do que outra coisa, isso sim. Porque tudo tem o "i" no meio, mi, ni, pi, li... Ai, ai, isso cansa.

O George está sendo um amor hoje. E fez questão de levar a gente para conhecer o Yi Seng-la, um velhinho de 90 anos que tem o cabelo mais comprido do mundo. O cabelo dele tinha mais de 5 metros de comprimento. Tava todo enrolado, mas quando o George pediu para ele mostrar, ficamos chocadas. Simplesmente o cabelo dava a volta no quarto, passava pela cozinha, pela sala, e ainda ia até o meio do jardim. Muito esquisito. E ficamos sabendo que antes era o irmão dele que tinha o recorde de cabelo mais comprido do mundo. Tá até no *Guiness*. E você precisa pagar uns baths para vê-lo. A família toda vive dessa visitação turística. E nós, claro, fomos supeeeerturistas, porque até foto do cabelão do velho a Lu fez questão de tirar.

Claro, fiquei muuuuiito chocada. Nunca vi coisa parecida. E ainda isso – saber que as pessoas ficam pirando para entrar no Guiness Book, *com recordes sinistros. Na boa, este país aqui é quase um hospício mesmo. É muita loucura para minha cabeça limitada, ocidentalizada e, ainda por cima, loura!!*

Bom, sobre as suas limitações não posso falar nada. Quanto aos cabelos, também me impressionou. E confesso que achei meio nojento também, cá entre nós.

Sabia que você ia falar isso. Porque na frente do George era tudo lindo, uma experiência... como é mesmo a palavra que você usou?... ah, isso... uma experiência antropológica. Agora, bastou ele virar as costas para você mostrar sua verdadeira face. Cara, você é muito falsa, não acha não???

Claro que não! Porque quando ele propôs da gente ver uma briga de galo, eu disse que não. Ou você agora está ficando surda, por acaso???

Não senhora, eu ouvi muito bem. Aliás, de onde ele tirou essa péssima ideia? Caidaça, né, vamos combinar?!

Também achei. Acho que ele ouviu uns garotos tailandeses comentando lá na escola. Eu também já escutei. Aqui briga de galo é muito comum.

Hã? Escutou? Hum... sei... Escutou como, se você não entende uma palavra em thai?

Quem disse que não entendo? Você acha que eu faço exatamente o que na escola, Luiza??? Eu ouvi muito bem – galo, briga de galo, o galo morreu, eu perdi dinheiro...

Sei, mas continuo achando que quem escuta alguma coisa ali e TRADUZ para você, vamos combinar, é o George. Bom, assunto encerrado. Ah, quase ia me esquecendo... Vê se se controla mais. Tá na tua cara que você tá apaixonada pelo George. Tá pagando mico geral. Só um toque.

Vai se catar. Vai ajudar as meninas com o jantar enquanto eu escrevo os e-mails. Aliás, você viu o último que a mamãe mandou?

Não. Dizendo o quê?

Que ela mudou de ideia e não vem coisíssima nenhuma passar o ano-novo com a gente. Que a crise do dólar afetou todo mundo, blá-blá-blá e, ainda por cima, ela jamais ficaria na mesma casa que o papai, a dançarina master Mee e as agregadas "projetos de dançarinas" também.

Uau! Ela disse isso?! Que espanto! Deve ter brigado com o Laurentino, isso sim. Bom, então se vira aí, que eu vou descer. Ah, e vê se para de se derreter pro George, hein? Pega mal, cara. Fui.

Ahrrr, desce logo, sua mala.

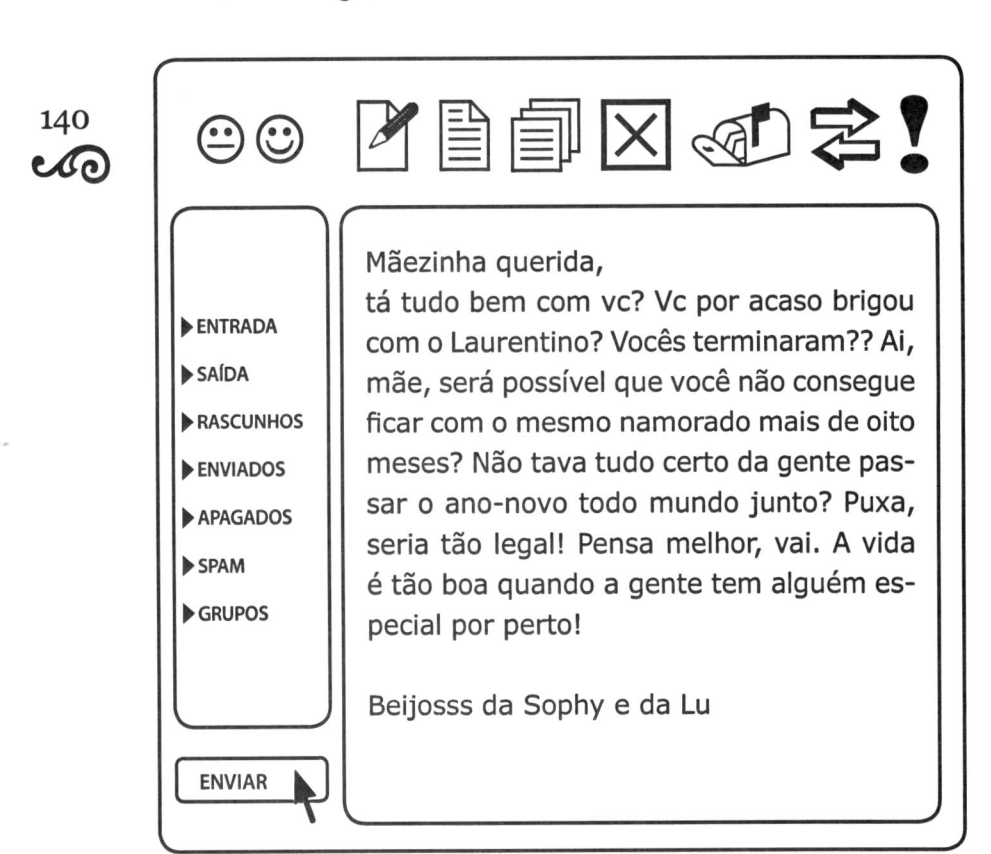

▶ ENTRADA
▶ SAÍDA
▶ RASCUNHOS
▶ ENVIADOS
▶ APAGADOS
▶ SPAM
▶ GRUPOS

ENVIAR

Mãezinha querida,
tá tudo bem com vc? Vc por acaso brigou com o Laurentino? Vocês terminaram?? Ai, mãe, será possível que você não consegue ficar com o mesmo namorado mais de oito meses? Não tava tudo certo da gente passar o ano-novo todo mundo junto? Puxa, seria tão legal! Pensa melhor, vai. A vida é tão boa quando a gente tem alguém especial por perto!

Beijosss da Sophy e da Lu

Meninas,

o dia hoje foi incrível, espetacular, mágico, sensacional... Um dos melhores dias da minha vida. O George é um verdadeiro lorde inglês, mas a Lu fica enchendo o meu saco. Ridículo. Acho que ela tá com ciúmes. Só pode ser. Bom, vejam as fotos. Elas dizem tudo. Aliás, quando alguém vai ter coragem de vir visitar a gente, hein??? As férias são daqui a pouco (aqui não, mas aí, sim!!!). Pensem nisso!!!

Beijosssss mil das gêmeas loucas

Enfim, viramos budistas!

9 de outubro – um dia da caça, outro do caçador!!!!

É claro que, depois de ontem, a Lu ficou se roendo de inveja e hoje está simplesmente insuportável, se achando a rainha da cocada com esse garoto lutador. Toda se achando. Mas só porque ele sabe fazer uns golpes de efeito não quer dizer, em absoluto, que ele seja mais interessante que o George. Não mesmo!!! Bom, esclarecido este ponto, e como a Lu não consegue se concentrar para escrever, eu assumi o caderno. Começamos o passeio pelo Museu do antigo Sião (este era o antigo nome da Tailândia). Confesso que fiquei estarrecida com a quantidade de ouro que tinha lá. Joias, quadros, estátuas, roupas... Era tudo com ouro de verdade!!! Achei lindo!!! O Krup explicou pra gente a lenda do elefante branco, que é considerado sagrado, e a visita ao museu acabou sendo uma verdadeira viagem ao passado. A Lu parecia estar num outro planeta, nem conseguia falar direito. Tava com cara de maluca geral. Ops!

Já estava reparando que a Sophy não largava o caderno. Tinha certeza de que ela tava a fim de contar apenas a versão dela dos fatos. Então, tomei a caneta na marra. Mesmo querendo ficar o tempo todo ao lado do Krup, não quis passar recibo de idiota que nem ela ontem, babando pro George, por isso vou escrever. Então, continuando... Depois fomos ao Templo do Buda Azul, que é a coisa mais linda que já vimos na nossa vida. Senti uma paz, uma energia, uma coisa inexplicável.

Aqui, na Tailândia, todos (ou praticamente todos) são budistas. Existem 32 mil templos no país... e são lindos! Tem o templo do Buda de Ouro, do Buda Reclinado, do Buda de Esmeralda... É Buda que não acaba mais! E todos são gigantes, e existem ruínas por todos os lados também. Já tinha pesquisado tudo na internet! Foi mal, mas é que minhas conversas com o George sempre envolvem história, civilização e cultura. Sou superligada, você sabe, né???

Não, eu sei o que eu vi ontem com os meus olhos, seu comportamento quase ridículo de tão derretida com o tal inglês. E sei também que esse Buda folheado a ouro, com os pés de madrepérola, essa música, o cheiro delicioso dos incensos, o Krup ali comigo, tudo ao mesmo tempo, estavam me causando uma tontura, uma sensação de leveza, sinto que poderia morrer agora que morreria feliz. Nada mais importa. Afinal, somos como um grão de areia no oceano da vida, pequeninos e insignificantes, que qualquer onda pode apagar.

Ai, não! Juro que eu tinha me esquecido desse seu lado filosófico. Agora, só internando mesmo!

Que nada! Tô superlúcida. Até disse ao monge Vragananda Sri Rinpoche que nós íamos frequentar o templo a partir de hoje toda semana. Que aprenderíamos a meditar, como todas as pessoas daqui fazem, e iríamos evoluir como seres humanos.

Nós? Mas quem disse que eu quero também?! Que mania que você tem de falar pelas duas!!

Ah, é? E por acaso você não faz isso o tempo todo, não?! Engraçado como a sua memória só serve para lembrar o que você quer.

Engraçado mesmo. Você tá me atrapalhando, sabia??? Me deixa! Eu tava aqui escrevendo e você me interrompeu. Você esqueceu que esse é o nosso registro, único e intransferível das nossas experiências de crescimento pessoal dentro de uma cultura exótica? Pois é, faz um favor, vai lá e pergunta pra Grude se tá fazendo sol lá fora. Tchau. Bem, continuando (antes da interrupção da Sofia)... Pois assim que entrei no templo e senti tudo aquilo, resolvi virar budista na hora. É claro que a Sofia tinha que me imitar e também quis ser budista. O monge começou a rir e disse que duvidava da nossa "fé". Eu disse que ele não nos conhecia, porque estavam pra nascer gêmeas mais determinadas do que nós duas. Sério, mandei muito bem.

Mandou mesmo. Eu fiquei orgulhosa, porque nunca tinha me tocado como nós duas juntas somos fortes e conquistamos tudo que queremos. Começando por essa viagem e tudo que já passamos. Você já reparou como estamos nos saindo bem??? Estamos arrasando, baby!!!

Sofia, na boa, você tá parecendo bipolar! Eu, hein! Quer se decidir de que lado você está?!

Ah, não enche!!

Então, fica quieta porque eu vou anotar tudo que o Krup falou para não esquecer. Ou por acaso você acha que só o "seu" George tem informações interessantes para passar??? Na-na-ni-na-não!!!! O Krup, como você sabe, é budista desde criança. Ele disse que as estátuas de Buda normalmente têm mãos pousadas sobre o colo e um sorriso nos lábios para nos lembrar do esforço de desenvolver a paz e o amor dentro de nós mesmos. Achei isso muito bonito. Por isso, decidi virar budista. Ele disse também que o perfume do incenso é para que a virtude penetre em nós, as velas representam o fogo do conhecimento e as flores que todo altar tem são para a gente saber que em breve elas vão murchar e morrer, assim como nós um dia. Porque nada é para sempre. Este é o princípio principal do budismo – tudo passa, por isso devemos aproveitar o momento presente.

(silêncio)

Não vai dizer nada? Que foi? Engoliu a língua?

Estou pensando. É mesmo, tudo passa, e quantas vezes a gente se aborrece e briga por coisas tão idiotas, não acha??? Um dia vamos ficar velhas, morrer mesmo...

É, mas na hora brigar por certas coisas parece tão importante, né?? Sophy, será que algum dia vamos conseguir nos tornar seres iluminados??? É por isso que eu acho que devemos vir aqui sempre que possível.

Concordo. Ih, o seu gatinho tá te chamando. Vai lá. Ah, essa Luiza... pensa que me engana! Já vi tudo. Sei muito bem que meditação é essa que eles vão fazer juntos... Ah, como sei!!!

- ENTRADA
- SAÍDA
- RASCUNHOS
- ENVIADOS
- APAGADOS
- SPAM
- GRUPOS

ENVIAR

Mami,

hoje visitamos o Templo do Buda Azul. Aqui o que não falta é Buda. Você sabia que em todas as casas tem altares com Budas?? É! Que nem os santos que a tia Jôsi tem na sala. Eu aprendi um monte de coisas com o Krup, o meu amigo do boxe tailandês. Ele é uma pessoa incrível! Você sabia que eles acreditam em nirvana? Nirvana é quando todos os sofrimentos acabam e você alcança um estado de paz único e nunca mais precisa reencarnar, se não quiser. Você sabia??? Mami, eu resolvi virar budista. Porque achei tudo muito lindo e profundo. A Sophy também. Claro, né? Ela sempre me imita! Bom, é isso. Agora vou meditar. Tchau!!!

Beijossss da Lu e da Sophy, suas filhas budistas

PS: Você e Laurentino voltaram? Ah, mãe, para de brigar. Seria tão legal vocês virem no ano-novo!!! Sério.

Galera,

a Lu está abduzida, meditando, tentando encontrar Buda, sei lá. O que uma paixão não faz, né não??? Tudo bem que eu também achei tudo bonito, e os valores budistas fazem a gente pensar... Mas é claro que se o Krup fosse islâmico, judeu, ou qualquer coisa do gênero, o efeito na Lu seria o mesmo – se converter imediatamente. Hahahaha. Notícias em breve.

Beijossss e ommmmmmm

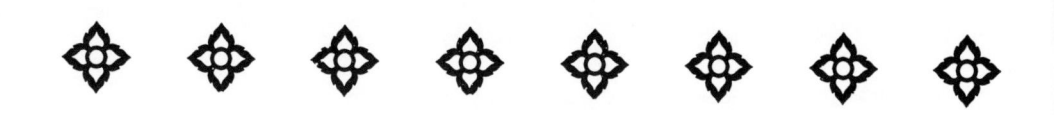

O primeiro beijo em terra thai !

16 de outubro - depois do café da manhã

Tudo bem que até parece que a gente não estuda, porque quase nunca escrevemos sobre isso. Mas é que escola é igual no mundo todo. E achamos melhor editar só as partes da viagem que foram diferentes, senão não ia ter graça nenhuma pra quem tá lendo, né? Imagine você no seu tempo livre ficar lendo sobre todas as coisas que já conhece de olhos fechados e acontecem exatamente do mesmo jeito em todas as escolas do universo: fofocas, problemas, deveres, aulas chatas, provas, garotas metidas... Não! Vamos ser criativas, pelamor de deus!!!!!

Bom, então vamos em frente! Depois de uma semana inteira com a rotina de sempre: barco, escola, barco, casa, dever, Grude tentando mudar a gente, jantar com papai e as dançarinas, o velho esquisito cada vez mais maluco, e-mail, cama... Vou passar um dia diferente. O George me convidou (é claro que isso inclui a Grude também) para passear no helicóptero do pai dele. É claro que o papai tem helicóptero na empresa dele também, mas na verdade isso é só uma desculpa.

É, e a maior desculpa é justamente essa: como só cabem quatro pessoas no helicóptero, eu não vou poder ir. É lógico que eu não queria, porque na minha opinião não tem graça nenhuma voar naquele besouro claustrofóbico. Vai logo, Sofia, vai logo que eu vou inventar uma coisa ma-ra-vi-lhoooooo-sa para fazer hoje, só para você se rasgar na volta.

Fui.

9 de outubro – o dia de Luiza

Bom, depois da despedida que demorou horas (aliás, percebi que o papai gostou muito do pai do George, acho que vão virar amigos – era o que faltava, na boa!!!!), vou aproveitar o dia mais tranquila e dar um pulo na academia pra treinar uns golpes que estou com dificuldade... O que foi? Ah, não, o papai tá me chamando. Já sei! Aposto que ele vai querer sair comigo. Mas será que a Mee, a Chom e a Jee vão também?? Passeio a quatro? Mas para onde? Ah, só porque eu acabei de decidir que ia na academia. Saco!

★ ★ ★

9 de outubro – a chegada de Sofia

Foi superemocionante o passeio de helicóptero com o George. Ele levou a gente até as montanhas altas, as praias, as plantações, ver Bangkok de cima... Foi tudo lindo! E o George sempre me explicando um monte de coisas. Ah, parecia cenário de filme até. Eu sei que estou me repetindo, mas foi como num filme mesmo. E, no fim, quando o helicóptero pousou, e o pai dele se afastou e a Grude foi ao banheiro, ele me puxou e me deu um beijo ali mesmo, embaixo das hélices do helicóptero. Foi demais!!!!!!!!!!!!! Fiquei até sem ar. Não era o meu primeiro beijo, mas com certeza foi o mais especial de toda a minha vida. Mais emocionante que o passeio, que estar aqui, que tudo mesmo!!!! E olha que eu achava que ele era do tipo tímido. Me surpreendi com a ousadia dele. E depois de tudo ele disse: "Desculpe, não consegui me controlar." Adorei!!!!

O quê? Ele te beijou depois do passeio, embaixo do helicóptero, ali na lata? Mas como você conseguiu despistar a Grude, que não larga da gente nem um minuto??? Tô choquita. Você é muito esperta mesmo. Ah? Não foi você? Sei, deve ter sido o fantasma do elefante branco, né??? Mas e aí? Como foi? Quero detalhes!!! Ele beija bem? Você gostou? Vocês combinaram de se ver? Vocês estão namorando? E o pai dele viu? E o papai? Você já contou pra ele???

Ai, você parece uma metralhadora. Calma. Não, ninguém viu. Sei lá, aconteceu. Foi muito rápido, mas foi bom. E aí a Grude apareceu e não deu tempo de falar mais nada. É ló-gi-co que o papai não sabe e se você contar pra ele ou pra Mee, ou pra mamãe, eu te mato!!!!

Ih, tá nervosinha por quê?? Eu, hein!!! Prometo que não falo pra ninguém. Mas conta mais, vai, por favor.

Não tem mais nada pra contar, já te falei tudo. Tô nervosa. Não sei como vai ser quando a gente se vir na escola segunda.

Essa eu quero ver também!! Não te falei que vocês iam namorar??? Precisamos tirar uma foto dele pro blog, e pras nossas amigas.

Não atropela, Lu. Deixa as coisas acontecerem, tá? Na hora certa, eu conto pra todo mundo.

Ai, tá bom, fazer o quê, né???

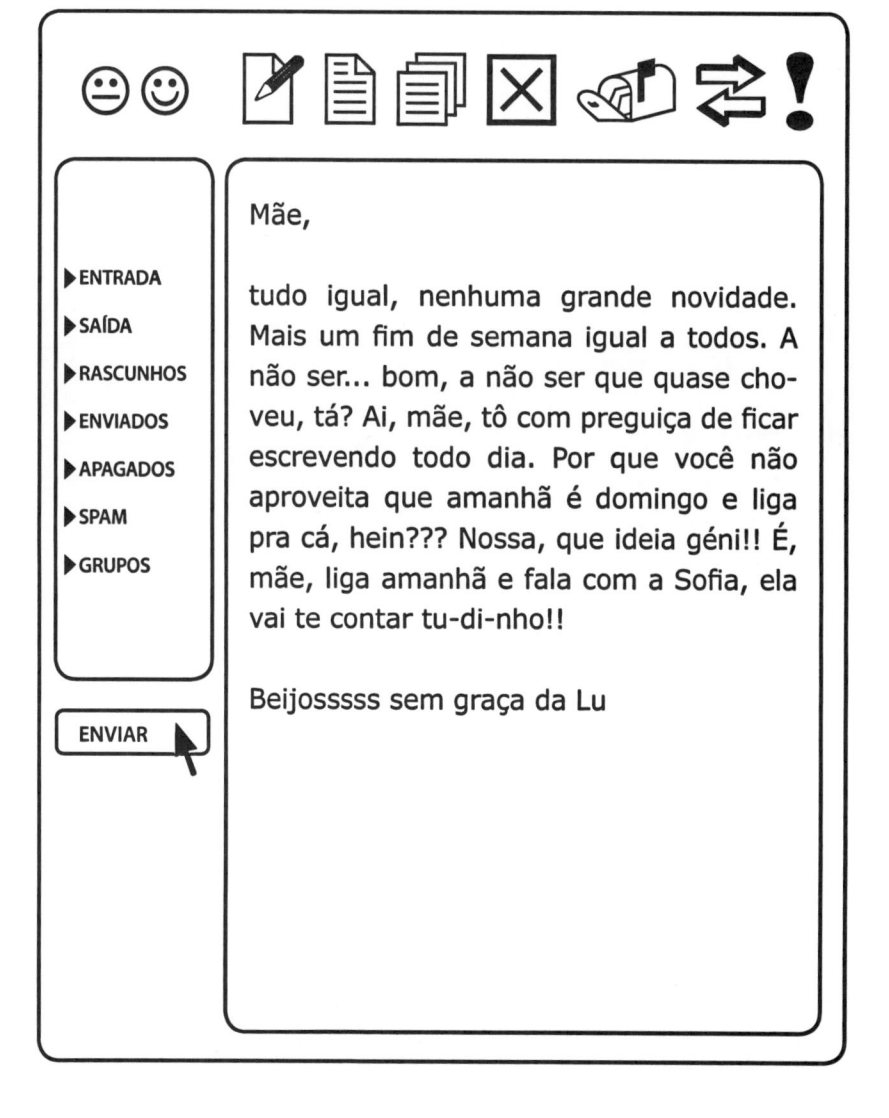

- ENTRADA
- SAÍDA
- RASCUNHOS
- ENVIADOS
- APAGADOS
- SPAM
- GRUPOS

ENVIAR

Mãe,

tudo igual, nenhuma grande novidade. Mais um fim de semana igual a todos. A não ser... bom, a não ser que quase choveu, tá? Ai, mãe, tô com preguiça de ficar escrevendo todo dia. Por que você não aproveita que amanhã é domingo e liga pra cá, hein??? Nossa, que ideia géni!! É, mãe, liga amanhã e fala com a Sofia, ela vai te contar tu-di-nho!!

Beijosssss sem graça da Lu

- ENTRADA
- SAÍDA
- RASCUNHOS
- ENVIADOS
- APAGADOS
- SPAM
- GRUPOS

ENVIAR

Meninas,

tá pintando um romance na área, mas eu prometi não contar nada. A única coisa que posso dizer é que não fui eu que beijei aqui, ou seja, para todos os efeitos, eu não disse nada, ok???? Hehehehe

Beijosssss secretos da Lu

Um fim de semana
inesquecível com o papai!!!

22 de outubro e dias seguintes – viagem ao paraíso!!!!

Gente, entramos num turbilhão de passeios e miniviagens, uma melhor do que a outra. Estou me sentindo até uma "locomotiva social"!!!! Este fim de semana, papai, movido por alguma espécie de culpa (só pode ser!!!), resolveu levar a gente para conhecer as praias do sul da Tailândia. O máximo!!!! A Mee e as filhas tinham várias coisas para fazer, sinceramente não entendi muito bem, mas pouco me importa, pra falar a verdade, e não puderam ir. Eeeeeeehhhh. Não, eu sei que elas são legais, mas é que também é ótimo poder ficar com o papai a sós, sem ter que falar ni hai tai ke li mem o tempo todo... Isso cansa, vocês sabem!!!!

Saímos direto da escola. Papai já foi buscar a gente com as malas. A primeira coisa que reparamos é como tudo é diferente. Depois de sair daquela confusão de Bangkok, parece até que entramos num túnel do tempo, rumo a um outro país. As praias são lindas, iguaizinhas às dos filmes (dessa vez, sim!), aquele mar azul-piscina de tão transparente, sem uma única onda, areia branquinha, quase nenhum ser humano, milhares de ilhas... Nossa, perdi o fôlego. Ainda bem que comprei outro cartão para a minha máquina, senão não ia conseguir tirar todas as fotos que queria. Isto aqui é muito lindo, vale muito a pena. Foi a melhor ideia que o papai teve. Ah, sem falar que a Grude ficou para trás. Nossa, faz tempo que essa mulher faz tudo com a gente, que já estava parecendo até uma parte do meu corpo. Tô quase, quase, vejam bem, estranhando a ausência dela.

Concordo. Isto aqui é o Paraíso. Duvido algum país ter praias mais maravilhosas do que estas. E sabe o que é o melhor? Nós estamos conhecendo isto aqui ao vivo e em cores. Como foi nosso dia? Ah, muito chato. Começamos tomando um café da manhã num hotel cinco estrelas, com vista para o mar transparente. Saímos correndo e ficamos o dia inteiro dentro d'água. Porque o mar não existe. Irresistível, e ainda por cima é superquentinho e a maré baixa, o que quer dizer que você pode caminhar lá pro fundo até perder de vista a civilização, que ainda continua dando pé. Quando deu fome, papai já tava na areia, na sua espreguiçadeira tomando drinks tropicais, beliscando lula, camarão... Daí, foi só a gente chegar e pedir o que quisesse também. Muito ruim. Hahahaha.

Descobrimos que tem uns barcos que fazem passeios de mergulho pelas grutas de corais. Uau!!!!!! É claro que no minuto seguinte já estávamos implorando pro papai para ir. Demorou um pouco, mas ele topou. Só que existe uma regra de segurança e ninguém pode sair mergulhando de qualquer jeito. Então, precisamos ficar um dia inteiro treinando técnicas de mergulho e sobrevivência na piscina do hotel mesmo. Tudo bem. Mais uma experiência para contar. Como se a gente precisasse, vamos combinar!!

Foi super-hipermegaemocionante. Mergulhar naquelas águas que mais parecem de mentira, ver dezenas de peixes coloridos passando pertinho da gente foi demais! Eles chegavam tão perto que dava medo. Teve uns que chegaram a encostar em mim. Eu não sabia o que fazer, se eles iam me morder ou me atacar, mas o instrutor tinha dito que eles não faziam nada.

E os corais de todas as cores também?? Lindos, lindos, lindos... Até o papai ficou impressionado, e olha que ele já mergulhou em muitas praias do mundo por causa das viagens dele. E o melhor de tudo é que bastava usar aquele snorkel, nem era mergulho com oxigênio... Acho que aquele curso foi um exagero, mas tudo bem.

Deu vontade de ficar lá pra sempre, parecia que estávamos no meio de um filme e nem era com a gente. Eu já posso encher a boca e dizer: eu estive pisando a mesma areia que o Leonardo DiCaprio pisou naquele filme *A praia*. Eu mergulhei nas mesmas águas que o Léo. Você se ligou nisso, Lu??

Helllouuuu, não foi só você, Sofia!!! Você e a torcida do Flamengo, e isso me inclui, lógico! Achei que você fosse mais espertinha!!

Ih, vai começar. Tá se achando por quê? Porque a ideia de mergulhar foi sua? Nada a ver. Qualquer um teria essa ideia, você apenas viu a placa primeiro. Se liga, valeu??

Tá, não vou gastar meu tempo com coisas tão insignificantes!!! Ao contrário, estou supeeeeerfeliz de estar aqui, de não estar chovendo tanto e a gente poder aproveitar esse paraíso com tudo a que temos direito!!!!

É, a Grude disse que os meses de chuva são junho e setembro, e foi bem verdade, mas isso não quer dizer que nunca mais vai chover. Ao contrário, que agora podem ocorrer tempestades de uma hora para a outra, e normalmente acontecem no fim do dia.

Nossa, você tá parecendo o "clima tempo". "E a previsão para o dia de hoje é de céu nublado a parcialmente nublado, temperatura em torno de 20 graus, com possibilidades de pancadas de chuva no fim do dia." Hahaha. Posso te confessar uma coisa? Eu fiquei com muita vontade de passear de barco pelas ilhas. Tô triste que já tá acabando, a gente já está indo embora e não vai dar tempo de fazer mais nada. Um fim de semana passa muito rápido. Rápido demais!!

Gente, sério. A bipolar agora é você. Você não estava feliz há um minuto? Agora tá triste?? A gente vai poder voltar outras vezes, sim.

Duvido. Você viu como é longe? E depois o papai não vai querer vir de novo aqui. Tenho certeza.

Tá, mas a gente pode planejar outra viagem para outras praias em breve e aí passear de barco. A gente pode voltar aqui com a mamãe também... São várias possibilidades. Já pensou nisso?

Será que ela vem mesmo? O que você acha?

Ah, não sei. Sinceramente, a mamãe diz uma coisa e na hora H muda de ideia. Muito imprevisível. Diz que é artista e não precisa ser coerente. Você sabe disso tão bem quanto eu, Lu.

Tá. Mas sabe o que me passou agora pela cabeça? Muito pior!!! Se a mamãe descobrir que a gente esteve na praia em que aconteceu o tsunami, ela mata a gente, Sophy! Ela não só não virá para a Tailândia, como rapidinho nos manda de volta pra casa. E você acha que ainda por cima ela ia querer vir justo aqui, nesta praia, com a gente?? Ah, tá bom. Me engana que eu gosto!!!

Tudo bem, cara, mas nem parece que toda aquela tragédia aconteceu aqui. Eles reconstruíram tudo e agora também tem placas por toda a areia mostrando rotas de fuga, o que fazer se uma onda gigante aparecer de novo. E o papai nem deixou a gente sair do carro aqui, foi só pra mostrar tudo. A gente "oficialmente" só esteve aqui como qualquer turista, vendo de longe a praia do tsunami. A gente não "ficou" nesta praia.

Foi muito sinistro mesmo isso do tsunami, né? Imagina você estar na praia, de repente você vê uma onda lá no fundo, tudo bem, uma onda enorme, mas na cabeça de ninguém podia passar isso: que a onda NÃO ia parar na beira da areia, por maior que fosse. Imagina a cena, Sophy. Ninguém tinha passado por uma situação dessa antes. Só nos filmes-catástrofe é que o mar pode invadir uma cidade, de uma hora para a outra. Coitados. Foi horrível mesmo! E tanta gente morreu. Ai, vamos embora. Não quero mais pensar nisso.

O papai só foi ao banheiro ali no bar, já deve tá voltando.

Tchau, tsunami; tchau, praias lindas; tchau, mar que não existe; tchau, peixes coloridos; tchau, felicidade; tchau...

Quer parar? Já deu!!! Obrigada!

ENTRADA
SAÍDA
RASCUNHOS
ENVIADOS
APAGADOS
SPAM
GRUPOS

ENVIAR

Mãe,

passamos dias de sonho, num paraíso de verdade. As praias mais lindas que já vimos na vida: água transparente e quente, areia tão branca que parecia artificial, peixes iguais aos documentários do Discovery, corais... O papai arrasou nessa viagem com a gente. Fomos para o sul e pudemos ver com nossos próprios olhos toda a beleza que dizem que existe aqui. Foi pena que passou tão rápido. Fizemos até um curso de mergulho de verdade, e a Lu ficou triste porque não deu tempo de ir de barco às ilhas. Mas papai falou que tem uma supresa pra gente em breve. Ficamos curiosas. Nem vou te perguntar se você vem, para não ser mala. Mas pensa nisso, tá bom?

Beijocasss morenas da Sophy e da Lu

- ENTRADA
- SAÍDA
- RASCUNHOS
- ENVIADOS
- APAGADOS
- SPAM
- GRUPOS

ENVIAR

Meninas,
vocês lembram do filme *A praia* com o maravilhoso e inesquecível Leonardo DiCaprio? Pois vocês não vão acreditar!!!! Simplesmente estivemos lá esse fim de semana. Sim!!!! Pisamos na mesma areia que ele, mergulhamos no mesmo mar que ele mergulhou. Sim!!!! As praias no sul são exatamente assim – paraíso total!!! E a água ainda por cima é quente e dá pé até o fundo, até perder de vista mesmo. Superincrível. A Lu vai postar fotos mais tarde.

Agora, que história é essa se eu beijei algum tailandês? Por que todas vocês estão perguntando isso? Por acaso, a enxerida da Luiza falou alguma coisa? Porque eu pedi a ela para não falar nada. Quer dizer, não aconteceu nada, tá legal?!

Beijosssss morenos e aquáticos da Sophy e da Lu – cada vez mais "thais"

Queremos ir embora desse lugar esquisito, com essa gente estranha!!!

3 de novembro – tudo ao mesmo tempo agora!!!

Ah, não! Já chega. Era o que faltava. Uma espinha enorme do lado do meu nariz. Luiza, eu quero voltar pra casa. Luiza, cadê você? Logo agora que eu preciso desabafar com alguém??? Droga, pra que ter uma irmã gêmea, se, quando você mais precisa, ela nunca está do seu lado. Luiza, Luiza, saco, tô perdendo a paciência... Cadê você? Luiza, Luiza...

Mas você é muito egoísta mesmo, né? Não tá vendo que eu estou no banheiro, com problemas, sem saber como resolver?? E você fazendo escandalozinho idiota só por causa de uma espinha besta?! Dá um tempo, por favor!!!

Problemas, que problemas??? Problemas estou eu, isso sim! Você por acaso já viu o tamanho da espinha que apareceu na minha cara? Isso NUNCA, nunca, me aconteceu, entendeu???

Oh, coitadinha de você. E ainda por cima vai morrer por causa da porcaria da espinha, não é???? Sofia, me poupe. Meu problema é muito mais sério, e se você não pode, ou melhor, não quer ajudar, então pelo menos não atrapalha mais, tá legal?!

Lu, sério, você tá mesmo com algum problema? Me desculpa, é que tô nervosa. Foi o quê? Aconteceu alguma coisa?

CLARO que aconteceu, né? Ou você acha que eu ia inventar uma desculpa para ficar trancada no banheiro hoooras, só porque eu adoro banheiros???? Se liga, né??? E onde você tava?

Tô aqui há um tempão sozinha, até já chorei, não sei o que fazer, tô me sentindo superestranha...

Calma, Lu. O que foi? Abre para eu poder entrar. Eu vou te ajudar.

Promete que não vai rir, nem achar besteira, nem falar pra ninguém??? Tá, pode entrar. É que eu acordei e, quando vim no banheiro, descobri que fiquei menstruada.

Jura? Então foi isso? Ah, mas não precisa ficar assim... Tá vendo, você ficou falando tanto de mim, que não era justo que tudo acontecia só comigo, agora é a sua vez. Ah, que bonitinho, então você ficou menstruada! E por que tá assim? É a coisa mais normal do mundo. Peraí, vou chamar a Mee de novo. Tá, tá bom, não chamo ninguém, mas agora você pode soltar o meu braço? Obrigada. Olha, por que você não toma um banho quentinho? Enquanto isso, eu vou buscar um absorvente para você e uma roupa limpa e depois a gente conversa com calma e eu te explico tudo como realmente é. Que tal? Tá, então vou ligar o chuveiro. Já volto.

Sophy... Obrigada, tá?

★ ★ ★

3 de novembro – crise

Tá mais calma? É que é normal também a gente ficar mais sensível nesse período por causa dos hormônios, a Mee me explicou. E depois, é isso mesmo, estamos crescendo, nosso corpo muda muito nessa idade, e ficar menstruada é só mais uma coisa, como no dia em que a gente precisou começar a usar sutiã, passar desodorante, depilar... Ah, ter espinhas gigantes também... Hahahaha... Lu, você já reparou como tudo com a gente acontece trocado? Quando você teve a espinha, eu não dei a mínima.

E quando você ficou menstruada, eu também ignorei, achei que você tava fazendo o maior drama, só para ter mais atenção. Ai, como a gente é boba, né??? Sophy... Ainda bem que você tá aqui, sabia??? Ia ser horrível passar por isso sozinha. Aliás, posso te falar uma coisa, do fundo do meu coração?

Eu já sei o que você vai dizer, porque é a mesma coisa que eu tô sentindo. Você quer voltar pra casa, não é? Tá com saudade da mamãe, do nosso quarto, do arroz com feijão, das nossas amigas, saudade até da escola, que não tem essa frescura toda daqui, saudade dos flanelinhas chatos... Tá com saudade de tudo, né???

É. Minha cabeça já deu nó. A gente tá aqui há muito tempo. Tô com saudades mesmo de tudo. Acho que é por isso que eu chorei. Na boa, o primeiro mês aqui foi horrível, você sabe, a gente teve que fazer o possível e o impossível para se adaptar, todo o choque da cultura, o papai que não para de trabalhar, isso de ter uma

Grude 24 horas na nossa cola, essa língua, aquele velho maluco, esta casa com um monte de gente e o uso restrito do computador... Não adianta, porque, por mais que a gente tenha o nosso quarto e tudo de que precisamos (às vezes até mais), não é igual. Não consigo me sentir em casa aqui. Snif... snif... Sophy, eu queria ter ficado menstruada na minha casa, perto da mamãe, não aqui.

Eu sei, também senti a mesma coisa aquele dia. E também tô cansada, não aguento mais explicar que eu NÃO como formiga... Acho melhor a gente dar um jeito rapidinho de encurtar nossa estada aqui ou vamos voltar completamente piradas. E essa língua do pipi-mi-kem-luh-na-ra já deu. Sinceramente. Já sei! Tive uma ideia brilhante!!! Vamos ligar pra mamãe e falar que queremos voltar?

Será? Mas e se ela começar a brigar comigo? Eu não vou aguentar. Tô muito mexida com o que aconteceu. Eu quero falar com a mamãe hoje, mas é por outros motivos. Preciso falar com ela a sós. Outro dia, a gente fala sobre isso de voltar, tá bom? E não fala nada pro papai, porque eu vou ficar com vergonha. Nem para a Mee, por enquanto. Ah, e me explica onde eu posso comprar os absorventes aqui? Não, melhor, vamos sair de tarde, só nós duas para comprar essas coisas? E aí você me conta tudo o que andou pesquisando...

Como você sabe que eu andei pesquisando sobre menstruação?

Porque eu te conheço há doze anos, né???? Hahahaha.

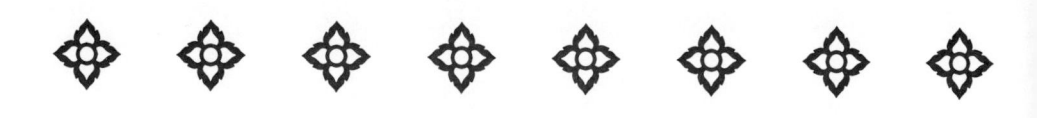

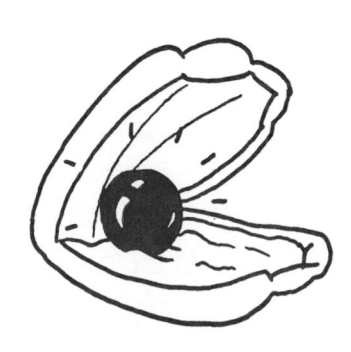

As raríssimas pérolas negras

25 de novembro – manhã

Ok, mais 20 dias se passaram arrastando. Cada dia parece uma eternidade. Saudades, saudades... saudades sem fim. Papai tá vendo a nossa cara de ameba e resolveu mais uma vez nos levar para uma viagem fantástica, incrível e surpreendente, segundo palavras dele mesmo. E sem a Grude!!! Acho que é a segunda vez em todos esses meses que isso acontece. Mas, na boa, acho muito difícil a gente se empolgar com qualquer coisa, pois estamos tipo anestesiadas. O que salva essa pasmaceira que a nossa vida virou são minhas aulas de Muay Thai, o Krup (claro!!!), e para a Sophy o George (óbvio!!!). Ela não quis mais me dizer, mas eu tenho quase certeza de que eles se beijaram de novo. Sim, porque teve um dia em que ela voltou toda esquisita da escola, rindo e falando sem parar, o que não é nem um pouco o estilo dela, e achando tudo maravilhoso, conversando altas coisas com a Grude... Eu até perguntei o que tinha acontecido e ela disse que nada. Mas tá bom, é lógico que não engoli! A Sophy é engraçada, acha que dá para esconder alguma coisa de mim!!! Haha, me poupe!!! Pô, não somos só irmãs, como ainda por cima irmãs gêmeas!. Tudo, absolutamente tudo, que ela sente, eu sinto também. Sei o que ela está pensando mesmo sem abrir a boca. Se ela está triste, feliz... Por isso, eu posso afirmar com conhecimento de causa que ela beijou o George de novo. Agora, por que não me contou? Essa é a grande questão!!! Acho que ela ficou com medo de eu falar pro papai, pra Mee ou pra mamãe, sei lá. Pensando bem, eu acho que se eu ficasse com o Krup também não ia sair correndo e contar. Mesmo pra ela. Ia querer guardar isso pra mim, como um segredo especial.

Luiza, o papai tá chamando há meia hora. Será possível que você não larga esse caderno? Tá pronta? A gente só tá te esperando.

Ai, já tô indo. Não sei qual é o problema de gostar de escrever. E ainda mais agora que eu não tô vendo mais graça nenhuma na Tailândia, e só penso na minha casa. Bom, vamos lá encarar o tal passeio. Tomara que o papai consiga realmente nos animar.

★ ★ ★

25 de novembro – dentro do barco em alto-mar!!!

Uau!!!!!!!!!!!!!!!! Que máximo!!!!!!!!!!!! Daqui a pouco vamos ver as pérolas "nascendo", as ostras sendo pescadas com as pérolas lá dentro de verdade, como elas "nascem" mesmo. E tem mais, você ouviu, Lu??? Não é qualquer pérola não, são as pérolas negras, as mais raras do mundo. Para encontrar uma pérola negra antes, era preciso abrir 10 mil ostras. Mas agora dá para cultivar e produzir essas pérolas com uma certa técnica. Papai, que é muito esperto, abriu esse negócio aqui. Tá vendo, Lu? E ainda por cima estamos no meio do oceano, andando de barco, como você tanto queria aquele dia lá nas praias do sul. E vamos combinar que isso é mil vezes mais emocionante do que passear naqueles barquinhos das ilhas!!!!

Lógico que eu percebi que estamos andando de barco, né??? Dããã! Só se eu fosse uma anta não teria percebido. Você ouviu como é linda a história das pérolas, como elas surgem?? Nossa, achei tão bonito, tão profundo... Um grão de areia ou alguma coisa minúscula entra dentro da ostra e começa a incomodá-la. A ostra desloca todas as defesas, usa todas as suas forças para atacar aquele corpo estranho, que fica irritando ela sem parar. Imagina?! Um grão de areia invade a "casa" da ostra. E daí? Daí que o tempo passa e lá dentro da ostra fica rolando essa guerra. Um belo dia, as pessoas descobrem que aquele grão virou uma pérola. E é uma joia tão especial que é considerada a "Rainha das Pérolas". Nascidas das profundezas do oceano, as pérolas negras são a luz da noite, a luz do fundo do mar. Sério, não consigo parar de pensar sobre isso. É tão fascinante, tão misterioso... e ao mesmo tempo tão surreal... Acho que isso é quase como a nossa viagem pra cá. Ou como a vida. Aquilo que mais te incomoda, que te obriga a virar do avesso, a mudar, a aprender na marra a ser diferente, contra a sua própria vontade, um dia aquele "grão idiota dentro de você" se transforma num coringa na sua mão. E você se torna poderosa, imbatível, mas tudo começou com uma coisa mínima que te incomodou profundamente e obrigou você a mudar.

É sério? Você pensou tudo isso agora, em cinco minutos??? Nossa, você anda mesmo estranha, garota. E você ouviu que o papai disse também que as pérolas negras são muito delicadas e só podem sobreviver em águas cristalinas?! Por isso, ele escolheu esta região para cultivar. E se prepara que daqui a pouco as redes vão subir cheinhas de ostras especiais. Ai, que emoção. Mal posso esperar.

Nem eu. Vou pegar minha câmera. Não posso perder esse momento por nada nesse mundo.

★ ★ ★

25 de novembro - nossas próprias pérolas negras!!!!!!!!

Estou sem fôlego. Sophy, agora nós também temos essa raridade em nossas próprias mãos!!!. Somos rainhas também!!! Como as celebridades famosas, as mulheres ricas, as antigas princesas... Vou guardar minha pérola negra para sempre. Não tenho coragem nem de tocar nela.

Pois eu vou fazer um anel com a minha. Papai disse que podia mandar fazer a joia que a gente quisesse. E você viu, que interessante, nem todas as pérolas são redondas? Engraçado, nunca imaginei que elas pudessem nascer tão deformadas!

Puxa, papai realmente estava certo. Foi o máximo a gente ter vindo até as fazendas submarinas de ostras, aprender tudo isso, andar de barco, ver as pérolas ainda lá dentro... Ih, tá começando a chover.

Luiza, papai mandou você vir para a cabine. Disse que vem uma tempestade pela frente. Vamos voltar imediatamente!

Uau!!! Tempestade em alto-mar, exatamente como nos filmes!!! Vou fotografar e pôr tudo isso no roteiro do meu filme.

Pirou, né???? É isso que tanto você escreve então? Um roteiro de filme?

Ó, ó... Viu os raios??? Já tá começando! Má-xi-mo!!!!

Luiza, isso não é brincadeira. É perigoso. O papai já falou. Pô, fica quieta e começa a rezar para a gente chegar antes da chuva. Eu não tô achando graça nenhuma, nem tô a fim de viver como os personagens de *Lost*, perdida numa ilha deserta e perigosa. Agora, guarda essa máquina e assunto encerrado. O papai não merece isso!

Sim, senhora, dona chata. Credo, Sophy, você tá parecendo até a mamãe!!! Por falar nisso, hoje adivinha quem vai escrever o e-mail de todos os dias????? Acertou!!!!!!! Você!!!!!!!

ENTRADA
SAÍDA
RASCUNHOS
ENVIADOS
APAGADOS
SPAM
GRUPOS

ENVIAR

Mãe,

você nem sabe o presente que o papai deu para você, quer dizer, pra gente dar pra você. Uma pérola negra. Verdadeira. Enorme. Diretamente da ostra do fundo do mar e que a gente viu, com nossos próprios olhos, ser retirada para você, mamy!!!!! O papai mostrou todo o processo pra gente, explicou cada passo, ao vivo e em cores, no meio do oceano. Depois começou a chover forte, quase uma tempestade. A Luiza teimou em ficar tirando fotos, e ainda achou superincrível que a tempestade fosse acontecer com a gente no barco. Pô, mãe, fala com a Lu, ela tá muito sem-noção.

Beijossss da Sophy e da Lu

- ENTRADA
- SAÍDA
- RASCUNHOS
- ENVIADOS
- APAGADOS
- SPAM
- GRUPOS

ENVIAR

Atenção, atenção, meninas de todo o mundo!
Atenção que as rainhas chegaram na área!!!! É lógico!!!! Ou vocês acham que é qualquer pessoa que tem as raríssimas pérolas negras, igualzinho às antigas rainhas e às princesas de todos os tempos??? Na-na-ni-na-não!!! Só a Sofiazinha aqui e a Luluzinha, diretamente da Tailândia para o centro do universo!!!!!!!
Sim, e ainda por cima, as pérolas foram pescadas por nós. Pescadas não, quer dizer, abertas. Bom isso é uma longa e incrível história. Na volta, a gente conta. Aguardem!!!!!!!!!!!

Beijosssss das mais novas princesas.

Fim de ano no fim do mundo, e ainda por cima sem a mamãe!!!!

24 de dezembro – véspera do não Natal e do não Ano-novo!

Mamãe há uma semana finalmente confirmou que NÃO vinha pra cá. Ah, falou que o dólar subiu com a crise, que nessa época as passagens de avião são mais caras ainda, que o Laurentino não quer se afastar da família dele (sim, eles fizeram as pazes!!), que não tinha nada a ver ela vir, mesmo estando morrendo de saudades da gente (sinceramente, não sei que saudades são essas, se na hora do "vamos ver" ela deu para trás)... Enfim, um monte de desculpas e argumentos do tipo: "Vocês precisam ganhar independência" e "Já que estão aí, aproveitem todos os momentos" e o mais batido: "Vocês precisam aprender a ver o mundo com outros olhos, com os olhos de uma cultura verdadeiramente diferente"... Saco. Pura enrolação para ver se convencia a gente. ÓBVIO que não funcionou, ou seja, vamos passar o Natal neste fim de mundo, com a família Adams do Pacífico!!! O velho maluco tá pra bater as botas. Cada dia que passa parece mais velho, mais doente, mais fantasmagórico. A Lu no outro dia deu um berro quando deu de cara com ele, de noite, no meio do corredor escuro. Foi a maior saia justa. Papai acordou, a Mee, os projetos de dançarinas, a Grude, a casa toda... Ela disse que se assustou, e ficou todo mundo olhando pra cara dela, não achando a menor graça. Eu tive que me controlar para não rir, porque foi hilário: ela se justificando, eles, que acham aquele velho sinistro quase desencarnado a coisa mais normal do mundo, fazendo a maior cara de enterro, tipo: "Garota, você está desrespeitando profundamente a nossa família dando esse piti sem nenhum motivo", o papai tentando colocar panos quentes, explicando que ela estava meio sonâmbula, olhando para a Mee, olhando para o velho, e eu fazendo um esforço gigantesco para não rir e não falar bem alto que ele é completamente assustador, que malucos são eles e que foi ótimo, sim, a Lu ter dado um belo susto nele!!!

Ah, não acredito! Você escreveu isso daquela noite aqui? Pra quê, Sophy? Pra eu me lembrar daquilo que foi o maior mico?! Isso não tem a MENOR importância diante do que vai acontecer no próximos dias. Você já escreveu aí que aqui na Tailândia não tem Natal, porque eles são budistas e não católicos??? Os hotéis até produzem umas árvores de Natal grandes e colocam enfeites, mas só por causa dos turistas. Dia 24 e 25 são dias normais, as pessoas trabalham de manhã cedo até tarde da noite, como qualquer outro dia. Isso sim é que não tem graça nenhuma. Passar o Natal longe de casa, longe da mamãe e, o mais terrível de tudo, NÃO GANHAR PRESENTES!!!!!!!!!!!!!!

Você está esquecendo um pequeno detalhe: o papai para completar nosso momento de alegrias disse que só vamos voltar para o Brasil quando o ano escolar terminar, fizermos todas as provas e tirarmos notas "pelo menos razoáveis". Ou seja, nota 9 no mínimo. E nossa casinha linda, lá no Brasil... só em fevereiro, amor. Não vou aguentar. Juro que não vou aguentar. Sem Natal, sem mamãe, sem presentes... como vou me concentrar nas aulas para tirar 9?! Você que é tão géni pode me explicar esse fato?

Ah, você é que está esquecendo O detalhe. Que o George te convidou para ir à casa dele e que lá vai ter Natal de verdade, porque eles são ingleses. E que esse é O motivo de você não con-

seguir se concentrar. O resto é desculpa. Eu, sim, é que tenho motivos sinceros e concretos para ficar deprimida. Até porque o Krup é budista mesmo, e não sabe nem direito o que é Natal.

O George disse que você podia ir também. Você tá fazendo drama à toa. E, além do mais, o papai não respondeu até agora, e, se você quer saber, eu acho que ele não vai me deixar ir. Mas eu ouvi a Grude falando alguma coisa sobre fazer uma ceia aqui, para a gente não estranhar tanto.

Sério???????? Então, a gente vai ter Natal, claro!!!!!!! Ai, que bom!!!!!!!! E ter Natal significa que vamos GANHAR MUITOS PRESENTES!!!! Eeeeehhhhh, adorei isso! Ufa, nem tudo está perdido. Ei, por que você não disse isso logo?

Porque eu não tenho certeza. Eu acho que eu ouvi ela falando isso, mas não posso garantir.

Claro que é!! Só pode ser!! Faz todo o sentindo do mundo!!

Sem querer ser estraga-prazeres... mas você já pensou sobre o Ano-novo? Isso, sim, vai ser uma tragédia!!! Porque, logicamente, aqui eles também NÃO têm Ano-novo, ou melhor, têm, sim, mas é em abril. Socorro!!! Que maluquice!!!! E aí, a gente faz o que no dia 31, você pode me dizer, já que a criativa aqui é você???

Ai, não. Puxa, a gente mal resolveu o problema do Natal... Isto é, se pudermos considerar que a Grude vai fazer uma ceia e o papai vai "fingir" que é Natal mesmo... Aí, a gente resolve um e agora vem esse do Ano-novo. Mas este não tem jeito, Sophy. O Krup já tinha me explicado. Para eles é totalmente diferente. Em abril, são 3 dias inteiros seguidos, e as pessoas ficam na rua jogando água umas nas outras, para "limpar" as coisas velhas, soltar as energias negativas, deixar para trás tudo de que não se precisa mais. Esse período se chama "Songkran", que significa mover, passar para. O nosso bom e velho "a fila anda". E aqui anda mesmo, e pelo visto a água vai te empurrando na marra... Tem até elefantes andando pelas ruas jogando água com aquelas trombas enormes em cima de todo mundo. E adivinha quem são as vítimas preferidas? Os turistas, claro!!! E os tailandeses ainda comemoram o Ano-novo chinês, que é em fevereiro, e o festival das flores em maio. Todos eles são espécies de anos-novos. Agora, Ano-novo do dia 31 de dezembro, abrir champanhe, estar vestida de branco... Esquece... Só em outra encarnação ou quando a gente voltar pra casa. Precisamos praticar o "desapego", já te falei. Só assim vamos ter paz interior.

Ai... tô pirando... sério. Não tô dando conta. Ah! E você tá toda calma porque certamente o Krup já te chamou para fazer alguma com ele na noite do dia 31, para você não ficar toda tristinha pelos cantos, não é? Claro! Como sou burra! É por isso que você tá aí com essa conversa de desapego, achando tudo lindo. Ai, que ridícula!! Lu, vê se cresce, né??!!

Ué, mas você também pode vir com a gente. Hahaha. Tá vendo como não adianta falar isso? Escuta aqui, eu acho...

O papai! O papai chegou!!! Vamos lá falar com ele. Ele não pode deixar a gente largada desse jeito, sem saber se vamos ter Natal e Ano-novo. Vamos exigir nossos direitos, Lu.

Nossa, o que deu em você? Parece até que acordou de um transe. Que medo de você! Vamos!

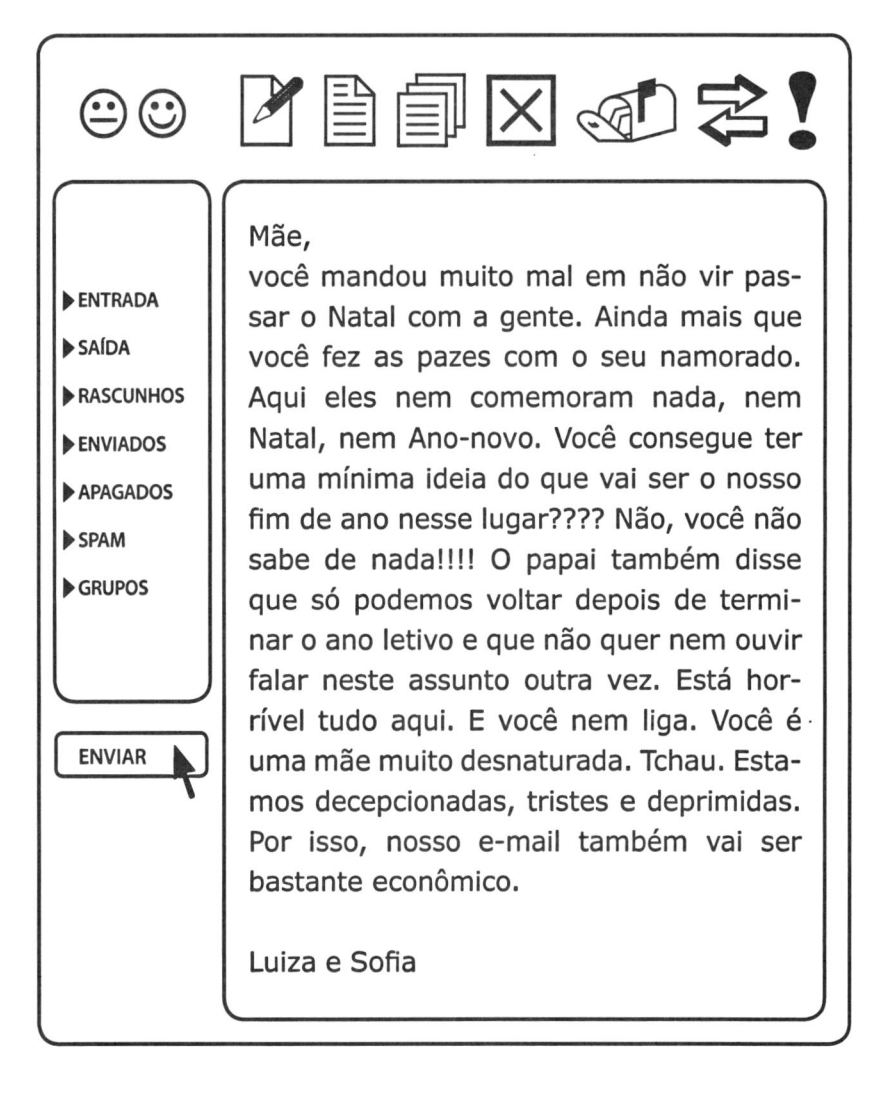

▶ ENTRADA
▶ SAÍDA
▶ RASCUNHOS
▶ ENVIADOS
▶ APAGADOS
▶ SPAM
▶ GRUPOS

ENVIAR

Mãe,
você mandou muito mal em não vir passar o Natal com a gente. Ainda mais que você fez as pazes com o seu namorado. Aqui eles nem comemoram nada, nem Natal, nem Ano-novo. Você consegue ter uma mínima ideia do que vai ser o nosso fim de ano nesse lugar???? Não, você não sabe de nada!!!! O papai também disse que só podemos voltar depois de terminar o ano letivo e que não quer nem ouvir falar neste assunto outra vez. Está horrível tudo aqui. E você nem liga. Você é uma mãe muito desnaturada. Tchau. Estamos decepcionadas, tristes e deprimidas. Por isso, nosso e-mail também vai ser bastante econômico.

Luiza e Sofia

- ENTRADA
- SAÍDA
- RASCUNHOS
- ENVIADOS
- APAGADOS
- SPAM
- GRUPOS

ENVIAR

Amigas queridas de todos os momentos,

ficamos emocionadas com todos os cartões virtuais que vocês mandaram. Cada um mais lindo do que o outro. E as frases... o que vocês escreveram... Ai, se vocês soubessem como estamos com saudades, como queríamos estar aí... Ah, e vocês nem imaginam. Aqui nem Natal eles têm. Nem Ano-novo. Quer dizer, Ano-novo têm, mas é em abril. Que graça isso pode ter?? Nenhuma!!!! Ah, comam bastantes rabanadas, tender, ganhem muitos presentes... e pensem em nós. Porque nosso Natal vai ser trevas. Bom, é melhor terminar para vocês não ficarem deprimidas também.

Nós amamos vocês!!!

Um milhão de beijos da Lu e da Sophy

Sinal dos deuses:
chega de thai mai hau hiu...

7 de janeiro

Bom, passado todo o pesadelo do fim do ano, quer dizer, do não fim do ano que aqui não tem (entenderam?!), eis que começamos o ano literalmente com o pé esquerdo. Eu tirei 6 em história, o que significa ficar de recuperação duas semanas aqui. Ou seja, mais 15 longos e sofridos dias antes de voltar pra casa. Sim, porque nós já decidimos: assim que terminarem as aulas vamos voltar. Chega. Deu. Mamãe já sabe e concordou com o papai (vocês já repararam como isso é incrível?! Eles nunca concordam em nada, agora, quando o assunto é a nossa volta, sim, os dois acham que só devemos voltar depois do semestre acabar, o que na nossa dura realidade significa fevereiro. Na boa, merecemos isso? Claro que não!!). Ah, sim, como eu ia dizendo, hoje fomos passear de elefante, já pensando naquelas malditas coisas de turista que ainda não tínhamos feito, e precisávamos fazer antes de voltar. O que aconteceu???? Simplesmente, a Sophy caiu do elefante (sim, isso acontece na vida real!) e ainda por cima quebrou a perna. Não me perguntem como. Porque quando eu vi ela já estava no chão urrando de dor. Daí, para tudo. Papai dando faniquito, Mee gritando, o guia dos elefantes falando qualquer coisa ininteligível em thai (deve ter sido palavrão) e tadinha da Sophy... lá no chão, morrendo de dor, chorando, e o elefante (eu juro que vi) fazendo carinho com a tromba gigante nela. Cena de filme. De terror. Sério.

Pois pra mim isso foi um sinal dos deuses. Má sorte, já ouvi falar muito disso aqui. Nossa temporada acabou. Daqui pra frente, só coisa ruim. Minha perna? Está engessada. Meu corpo todo dói.

Não achei a menor graça nesse elefante idiota que me derrubou. O George soube e foi me encontrar no hospital. Ele é sempre um gentleman. A Lu não sabe o que fazer. Tá tipo histérica e olha que nem foi com ela. Imagina se fosse. A mamãe já ligou umas nove vezes. Sinceramente, era o que faltava para coroar nossa estada, depois do fracasso do Ano-novo, que me recuso a comentar. Eu não sei mais o que a gente tá fazendo aqui. Juro que já procurei todos os argumentos possíveis, mas eles não são mais suficientes. Parece que tem uma hora que nem a nossa mente racional (pra falar como os budistas) consegue explicar mais nada. Meu coração tá gritando uma única coisa: minha casa, meu país, minhas amigas, minha vida de antes. Nada mais faz sentido. Chega de mai tai niai tui!!! E, para culminar esse filme sinistro, vou ter que ficar com a perna imobilizada 18 dias. Ninguém merece. A Grude, sempre aquela sargenta, não para de puxar meu saco, me trazer comidas gostosas, toda hora perguntando se eu tô bem, se preciso de alguma coisa... Siiiiimmmmm, preciso ir embora. Hoje, tive certeza. As coisas não acontecem por acaso. Isso foi um sinal e eu não sou louca de ignorar.

Não deu nem pra ficar com pena dos elefantes porque eles estão em extinção, aquela conversa toda... Afinal, um deles QUASE MATOU minha irmã. Seria uma morte horrível, pisoteada, esmagada no chão, por um monstro que pesa não sei quantos mil quilos... Na hora, eu quis descer também. Fiquei em pânico. E se o meu elefante me derrubasse também?! Sim, porque tudo que acontece com a Sophinha acontece comigo.

Lu, ia ser horrível se acontecesse alguma coisa com você também. Já basta uma. E aquele elefante desde que eu montei nele, eu senti alguma coisa estranha. Eu quase não tava ouvindo nada que o guia falava de tão tensa. E você me conhece muito bem, sabe que isso de premonições e sensações é muito mais com você do que comigo. Mas eu realmente acho que é isso. Nosso tempo aqui acabou. Já aprendemos muitas coisas, mudamos, crescemos, engolimos uns sapos (não posso fingir que foi tudo fácil porque não foi mesmo!!), convivemos com pessoas que ninguém acreditaria (como o velho Sairk), suportamos a Grude até ela virar nossa protetora de verdade, abrimos espaço para pessoas novas nas nossas vidas (como George e o Krup), comemos comidas pavorosas, ficamos menstruadas... Sério, foi um turbilhão, alguns meses parecem mil anos já. Eu sou outra pessoa. Por isso mesmo, acho que somos heroínas, e merecemos voltar. Deu, deu mesmo!!!! Quando eu tirar o gesso, vou fazer minha mala e voltar para casa. Não quero nem saber das minhas notas.

Nem eu. Dane-se o 6! Dane-se tudo! E viva a Sophy!!!! Sobrevivente do elefante!!!! Eeeeehhhh!!! Eu te amo!!!!!

Menos, Lu, menos.

- ENTRADA
- SAÍDA
- RASCUNHOS
- ENVIADOS
- APAGADOS
- SPAM
- GRUPOS

ENVIAR

Mãe,
como você sabe, a Sophy caiu do elefante e quebrou a perna. E isso não teve a menor graça. Ainda mais agora que não aguentamos mais um pio em thai. Foi sorte não ter acontecido nada mais grave com ela ou comigo. Sério, assim que as aulas acabarem vamos voltar, vai se preparando, arrumando nossa casinha linda... Não queremos mais ficar aqui. Tudo que tínhamos para aprender já aprendemos. Já foi. Daqui pra frente, é só tortura. Estamos exaustas, sem força, sem vontade. Mas tudo bem. Como foi ideia nossa passar uma temporada aqui, fazendo intercâmbio, vamos ficar até o fim do semestre. Nem um dia a mais. E eu se fosse você, ligava pra Sophy todos os dias, até ela tirar o gesso, porque ela tá supermal, logo ela que não acredita em coisas invisíveis. Mami, foi muito ruim ver a Sophy chorando lá, caída, de tanta dor, e o elefante do lado dela. Eu fiquei com medo de ela morrer. Sério. Se algum dia ela morrer, eu vou morrer no dia seguinte. Porque minha vida não tem nenhum sentido sem ela. Eu quase senti a dor que ela tava sentindo. Fora toda a decepção. Fora todo o resto.

Beijos calados da Sophy e meus

Galera,

a Sophy caiu do elefante e quebrou a perna. E, pior, tá achando que isso é um sinal. E disse que só saía de casa direto para a escola e vice-versa. E depois pro hospital, para tirar o gesso. E depois pro aeroporto. Acho que ela tá muito deprimida. Por favor, mandem e-mails pra ela melhorar.

Beijossss da Lu

▶ENTRADA
▶SAÍDA
▶RASCUNHOS
▶ENVIADOS
▶APAGADOS
▶SPAM
▶GRUPOS

ENVIAR

Yessssss!!!

Começaram os preparativos para a volta!!!

17 de janeiro — conseguimos!!!!!!!!!

Agora a minha perna ficou boa e depois de quase dez dias negociando a nossa volta, com todos os argumentos possíveis e impossíveis — ufa, ufa, ufa —, conseguimos!!!!!!!! Vencemos!!!!!!!!! Vamos voltar pra nossa casinha, assim que acabarem as aulas. O que significa exatamente daqui a menos de um mês!!!!!!!!!!! Yessssssssss!!!!

Eu mal posso esperar. Vou contar nos dedos cada segundo. Já coloquei o calendário bem no meio da mesa. Eu estou com saudades até dos programas idiotas de domingo. Aqui é luta que não acaba mais, uns filmes de quinta categoria, e tudo nessa língua me dói o ouvido. Sério, não consigo ouvir mais uma palavra em thai. Sabe quando você enjoa de uma coisa, até ela ficar insuportável de verdade?? É o caso!!!

Então, agora é abrir a temporada de preparativos para a volta. E isso inclui comprar presentes e mais presentes!!! Vamos começar pela mamãe, lógico. Papai teve uma ideia maravilhosa. Em vez de comprarmos nas lojas de sempre, ele vai nos levar diretamente numa fábrica de seda, onde vamos ver como a seda é feita, vamos ver os bichos fazendo os casulos e depois morrendo, e os lenços coloridos que as nativas criam quase artesanalmente. Achei isso o máximo e a cara da mamãe. Supersofisticado. Ela vai amar. Tenho certeza.

E, para nossas amigas, vamos levar aquelas sombrinhas feitas de papel de arroz. E umas outras coisas interessantes, claro! Já fiz uma listinha aqui, com todos os nomes. Pelas minhas contas, Sophy, temos que comprar 17 presentes.

Dezessete?? Pirou, né??? Não vai caber na mala. Como você acha que a gente vai conseguir levar 17 sombrinhas?! Você já viu o espaço que cada uma ocupa?! E depois, mesmo que coubessem, no aeroporto vão pensar que a gente é traficante de sombrinhas. Dezessete??? No way!!!! Pode usar sua criatividade e pensar em outra coisa rapidinho.

Ai, você é mesmo chata, né?! Mas pelo menos três a gente vai ter que levar. E... hum... podemos levar sabe o quê?! Já sei! Tive uma ideia géni, muito géni.

Tá, fala logo. Quero só ver que ideia genial é essa.

Vamos levar pedras preciosas. Jade. Aqui tem de todas as cores, e cada uma tem um significado. Por exemplo, jade vermelha é longevidade; a violeta, boa saúde; a verde, prosperidade; a amarela, inteligência... A gente pode comprar uns pingentes. Deve ter uma fábrica perto da fábrica de seda também. Eu vi na internet. Ali é uma região de fábricas de todos os tipos, por isso até que eu tive a ideia das sombrinhas. Mas, ok, você me convenceu. A gente troca as sombrinhas enormes por delicados pingentes de jade, a pedra nacional. E todas as nossas amigas vão amar. E não ocupa espaço nenhum. Confessa. Não fui géni agora?????

Muito sagaz. Realmente impressionante.

* * *

17 de janeiro – a fábrica de seda

Impressionante esse painel. Que ótima ideia! Assim, visualizamos todas as etapas de fabricação da seda. Leva 45 dias para a larva virar inseto e fazer o seu casulo. E é esse casulo que tem o fio da seda, que depois eles aproveitam. Mas, Sophy, você entendeu que eles matam o bichinho que está dentro do casulo?! Isso é meio cruel, não?

Mas, Lu, é apenas um inseto. Pensa nisso. A gente toda hora mata também uma formiga, um mosquito, é a mesma coisa.

Não é não. Porque o bicho-da-seda não incomoda ninguém. Ao contrário, ele ainda faz o casulo que vira seda depois. E ainda por cima ele morre fervido, Sophy. É uma morte horrível. Cozido. Dentro da sua própria casa. Coitadinho! Snif.

Para de drama, Lu! Vamos ver o que acontece depois. Ó, tá vendo, elas começam a desenrolar o fio do casulo. Nossa, mas como aquilo é duro! Parece até um galho fino, sei lá. Ah, depois o fio vai para aquele tanque. Ah, entendi. Eles amolecem o fio com produtos químicos. Ah, bom. Não tava entendendo. Papai tá dizendo que um único casulo rende 500 metros de fio, que depois é tingido.

Vamos pular essa parte? Já chega!!! Ah, eu quero ver são as cores, as estampas, os lenços coloridos... Isso do bicho morrendo, e sua casinha sendo desfacelada, não quero ver não. Achei muito triste. Acho até que vou escrever um livro sobre isso. "A trágica vida do bichinho-da-seda: do nascimento à morte em dez dias fervido em sua própria casa", um livro de Luiza Teixeira Mansur.

Hahaha. Você quando resolve fazer drama é insuperável, sabia??? Vamos.

- ENTRADA
- SAÍDA
- RASCUNHOS
- ENVIADOS
- APAGADOS
- SPAM
- GRUPOS

ENVIAR

Mamãe,
já compramos seu presente, ou melhor, presentes. Você vai adorar. Temos certeza. São coisas feitas aqui mesmo, na Tailândia, e vendidas pro mundo inteiro. Ficou curiosa?! Não, não vamos contar de jeito nenhum. É surpresa!! Só posso dizer que tivemos que sair da cidade para comprar os "legítimos". A Sofia se revelou o orgulho do papai. Como você sabe, aqui é preciso sempre pechinchar. E ela foi superesperta, ficou lá negociando em thai. Mandou muito bem. Ah, tudo bem, né?! Depois de cinco meses aqui, queria o quê? Alguma coisa a gente tinha que aprender.
Bom, mamãe, estamos com muitas, muitas saudades. Já começamos até a fazer as malas. Aqui é legal e tal, mas queremos nossa casa, nossa vida, nossas amigas... tudo de volta!!!
Ah, não consigo nem dormir direito de tanta ansiedade. Se não fosse o boxe, não sei o que seria de mim. Porque só consigo relaxar depois de fazer a aula. Estou superfera nuns golpes, mamãe. Você precisa ver. Quando chegar aí te mostro, tá? A Sophy não se empolgou tanto como eu, mas, em compensação, já virou a CDF da escola. Lógico, né?! Eu também viraria se o garoto de que eu gostasse estivesse lá. Ih, não, nada. Depois ela te fala sobre isso. Tenho que ir. Tchau, mamy. Até daqui a pouco.

Muitos beijos de longe, da Lu e da Sophy

▶ ENTRADA
▶ SAÍDA
▶ RASCUNHOS
▶ ENVIADOS
▶ APAGADOS
▶ SPAM
▶ GRUPOS

ENVIAR

Amiguinhas,
falta menos de um mês agora!!!!!!!! Sim, é verdade, podem acreditar. Já compramos presentes para todo mundo. Lógico que não vou falar, nem adianta insistir. Mas vocês vão adorar. E ninguém vai ter igual, porque são coisas típicas daqui. Ah, vocês vão buscar a gente no aeroporto??? Por favor, por favor!!! Estamos com tantas saudades! Já temos as passagens. É dia 5 de fevereiro. O voo chega às 6h35 da manhã do dia seguinte. Sim, é muito cedo, ainda mais num domingo, mas, please, vocês têm que ir. Temos tanta coisa para contar, vocês nem imaginam. Vou falar com a mamãe para preparar um megalanche, daí depois vai todo mundo lá pra casa. Combinado? Não me decepcionem, hein?! Até a volta!!!!!!!!!!!! Eeeeeehhhhhh!!!!!! Adeus, Mee; adeus, Grude; adeus, velho maluco; adeus, irmãs bailarinas; adeus, comidas esquisitas; adeus, escola; adeus, barcos; adeus, tuk-tuks; adeus tudo!!!! Eeeeehhhhh!!

Beijos ansiosos da Lu e da Sophy

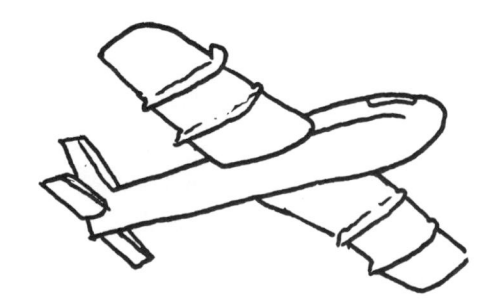

Lar, doce lar!!!!!!!!!

5 de fevereiro – finalmente de volta!!!

Inacreditável!!!!!!!!!!!!! Não consigo acreditar que estamos dentro do avião de novo e, em poucas horas, quer dizer muitas horas, estaremos no Brasil, na nossa casa. É muita emoção. Achei que esse dia não ia chegar nunca. Seis meses pareceram sessenta anos. Sem exagero nenhum. Eu me sinto outra pessoa. Não me reconheço mais.

Eu também. Mas a despedida foi muito triste. Até o papai, todo durão, ficou lá chorando. A Mee, a Chom e a Jee, a Grude... Passamos tanto tempo junto com eles que me deu um aperto no coração, um nó na garganta, e não consegui dizer uma única palavra que prestasse naquela hora.

Você está esquecendo o principal, né?! O George. Você é uma garota de sorte, Sophy. Porque o seu namorado foi até o aeroporto se despedir de você. Já o Krup tinha que trabalhar e não pôde ir me dar tchau.

Meu Deus, quantas vezes eu preciso repetir que o George NÃO é meu namorado??

Ah, não? E o que ele foi fazer lá no aeroporto então? O que vocês foram fazer ali no canto, abraçados?! Você acha que eu sou idiota, por acaso? Eu vi muito bem. Vocês se despedindo, se beijando, se abraçando, chorando... Parecia até que você estava indo para o planeta Marte. Sabe o que eu acho? Não dou três meses para ele vir te visitar no Brasil. Ainda mais que ele é rico, e a família dele está sempre viajando. Não, melhor!!! Aposto que a próxima moradia da família Hungton será no Brasil. O pai do George vai pedir à Embaixada para ser transferido. Quer valer quanto?!

Ah, não enche. Aproveita que o jantar tá vindo, janta e cala a boca. Eu estou triste. Não tô nem um pouco a fim dessa sua conversa besta. Tô pensando na minha vida. Me deixa quieta. Até que foi bom esses meses todos que passamos lá. Vivemos muitas coisas, coisas que nunca mais vamos viver de novo, coisas que nunca vamos esquecer. É muito estranho isso. Quando a gente tava lá, só pensava em voltar. E agora que estamos voltando, eu tô começando a sentir saudade de tudo que ficou para trás. Como se uma parte de mim soubesse que estamos no meio de um túnel sem volta, e as nossas experiências, as pessoas que conhecemos, o que aprendemos, esse tempo... isso tudo vai virar passado nas nossas vidas. Porque nunca mais vamos morar na Tailândia outra vez.

É, pensando assim, eu também vou sentir falta. Ah, até que foi legal mesmo. A gente passou tanta coisa. Sophy, sabe o que eu me lembrei? Que até a nossa primeira menstruação aconteceu lá. Você lembra a reação da mamãe quando soube??

Hahaha, ela ficou mais nervosa que a gente. Queria até pegar um avião e vir correndo. Nooossa, e quando ela ficou hooooras no telefone com a gente? Repetiu tudo umas mil vezes. Foi engraçado. Que foi?

A comida. Abaixa a bandeja.

6 de fevereiro – quebradas mas felizes!!

Ai, não. Eu tinha me esquecido completamente de que eram trinta horas de viagem. Tô quebrada, sério. Mal consigo andar. Sophy, minha cara tá muito amassada?

Lógico. O que você achava?! Ih, Lu!!! Olha lá!!! Veio todo mundo. Ai, que vergonha! Olha a mamãe. Ai, mãe, a gente já viu, para de fazer escândalo. Olha o mico, por favor. A Luciana, a Cacá, a Martinha, a Fê, a Roberta... Não acredito, veio a galera toda. Que zona! Tem até faixa com nosso nome, Lu? Tá vendo?

Ai, que emoção! Meu coração tá disparado e minhas pernas tremendo. Ai, vamos correr? Não tô me aguentando. Esse é o momento mais feliz de toda a minha vida!! Eeeeeehhhhhh!

(...)

* * *

6 de fevereiro – caravana de carros para a casa das gêmeas thais!!!

Pega logo esse caderno, Sophy. Senão a gente depois vai esquecer tudo. Eu quero anotar tudo, tudinho, que está acontecendo, para não deixar escapar nem um detalhe. Quantas vezes na vida a mamãe fez uma coisa dessas?! Uma festa com todas as nossas amigas, e ainda por cima às 7h da manhã?

Sem falar que estamos parecendo até o presidente, com cinco carros nos seguindo. Tô exausta, mas é tão bom estar de volta! Nem sabia que ia ser tão bom, porque realmente fiquei meio tristinha ali no aeroporto, no avião fiquei pensando num monte de coisas... Ah, mas estou tão feliz de estar aqui, Lu, com você, com a mamãe, com todas as nossas amigas que vieram também...

Você reparou uma coisa? Tudo bem que a mamãe estava morrendo de saudades da gente, mas você não acha que ela tá meio esquisita?

Esquisita como?

Ah, sei lá, ela fica olhando a gente de alto a baixo e não para de repetir como estamos mudadas, que tudo em nós está diferente e que não consegue nos reconhecer. É uma frase aqui, outra ali, e claro que pode ser uma impressão, mas acho que ela não gostou muito não.

Será?! Você não tá um pouco paranoica demais, não??? Se bem que eu ouvi ela dizendo que a gente estava muito mais independente. Também a gente chegou mesmo sabendo o que queria, né?! E eu fui logo perguntando se o lanche estava pronto, quem ia levar as malas pro carro... Eu acho que a gente ficou tão enfurnada lá, e tudo foi acontecendo tão aos poucos, que a gente nem se tocou do resultado final. Lu, lembra quando a gente foi pra lá? A gente aqui nesse mesmo aeroporto, morrendo de medo de tudo e de todos, tanto medo que deu até vontade de desistir?! Agora, não. Já chegamos dominando. E as nossas roupas?! A gente nem se deu conta. Estamos com um estilo totalmente diferente. Foi a Cacá que falou, disse que a gente tava parecendo duas modelos. Adorei!

É, mas a mamãe tá pensando alguma coisa que eu não consegui captar ainda. Ah, mas quer saber?! Vamos deixar isso pra lá, porque hoje é dia de festa, e eu tô louca pra chegar em casa, ver minha caminha de novo, abrir os presentes e comer muito. Será que a mamãe fez aquele bolo de cenoura com chocolate?! Ai, tomara!!!

Só vou te dizer uma coisa: se eu morresse hoje, morreria no tal nirvana, naquele lugar de perfeição dos budistas onde só existe felicidade!!!! Se isso for um sonho, por favor NÃO me acorde, Lu!!!

Leitora fofa que está lendo este livro:
agora use a sua imaginação
e termine o resto do
capítulo como quiser!

208

209

Eta, vidinha boa!!!!

15 de fevereiro – ah, que maravilha!!!!!!

Que delícia estar em casa, na nossa rotina de todos os dias: todo mundo falando português em vez de tai ni hai ia, arroz, feijão, praia, visitas ao ateliê da mamãe, nosso armário todo de volta, idas ao shopping com as amigas, falar no MSN à vontade, usar o computador quando quiser... Ah, viajar é bom, mas voltar é melhor ainda. Nada como se sentir livre de novo. Tudo bem que foi a gente que quis ir e tudo mais, mas hoje, olhando pra trás, fico chocada em ver como a gente foi corajosa. Se mandar pro outro lado do mundo. Lu, você já pensou que a gente podia ter ido apenas passar férias lá, tipo um mês, em vez de morar, estudar, fazer intercâmbio, essa coisa toda?! A gente pirou mesmo.

Já. Mas é que a gente tava tão de saco cheio de tudo que um mês ia ser muito pouco. Você lembra que chegamos até a cogitar a ideia de passar um ano lá direto?! A gente estava muito surtada mesmo. Mas também uma coisa é imaginar, outra é viver. Muito diferente. Ainda bem que a escola lá é por semestre, senão a gente não ia conseguir voltar tão cedo.

Nem me fale! Se bem que eu até estou com saudades da escola.

Sei. Saudades da escola ou do George?!

Hum... dos dois, tá?!

Vocês têm se falado no MSN?

De vez em quando.

E tem falado o quê?

Tudo, ué. Eu conto da minha vida pra ele, e ele fala da dele pra mim.

Você já disse que na primeira semana a gente atacou todas as comidas que não tinham lá, e comemos tanto, mas tanto, que até engordamos 2 quilos?

Não, não vou contar esse mico pra ele.

Ele já disse quando vem?

Claro que não. Que mania que você tem de apressar as coisas. E depois quem disse que ele vem pro Brasil? Você é maluca mesmo. Inventa toda uma história na sua cabeça e depois esquece que você criou ela sozinha, e acha que os outros pensam que nem você. Eu, hein.

Sophy?

Que é?

Você, por acaso, não tá realmente se sentindo diferente? Assim, sei lá, mais forte, uma coisa assim?

Você diz com mais força, mais ânimo pra tudo, achando que nada no mundo é impossível e que tudo que a gente sonhar um dia vai conseguir?

É. Isso mesmo.

Tô.

Eu também. Estranho, né?

É, acho que foi a viagem, sabia?

É, eu também já pensei nisso. A gente passou por tanta coisa lá, e foi tão difícil não desistir... que agora parece até que tudo ficou fácil, né?!

Exatamente. Só tem uma coisa.

O quê?

A mamãe. Ao mesmo tempo que eu tava louca pra encontrar ela, tem alguma coisa que...

Que mudou, né?! Eu sinto isso também. Ontem à noite, quando você estava escovando o dente, ela veio me perguntar se a gente ainda a amava. Acho que ela ficou com medo da gente deixar de gostar dela. Ou nunca mais voltar. Ou se arrependeu.

É, ela andou me perguntando umas coisas assim também. Tadinha, acho que ela sentiu muito a nossa falta, sabia? Você viu quantos presentes ela comprou para a nossa volta? E toda hora vem perguntar se tá tudo bem. Acho que às vezes ela se sente meio por fora, sabe? Ainda mais que a gente voltou mais grudada do que nunca.

É. Mas é que mesmo que a gente fale tudo que aconteceu pra ela, tem sempre alguma coisa que a gente esquece. Sei lá. Foi tanta coisa! Eu tenho a impressão de que ela ficou pensando muito na gente esse tempo todo, que a gente estava crescendo, e que um dia vai casar, sair de casa... Acho que ela percebeu que o tempo tá passando rápido demais. Se prepara que vem novidade por aí. Você conhece a mamãe.

Ah, mas você viu quantas vezes ela já mexeu nas fotos que você tirou?! Todo dia ela olha os álbuns. Parece até que fica imaginando o que a gente estava pensando e sentindo em cada momento. E até nosso diário de viagem ela já pediu pra ler. Acho que a gente devia liberar, né? Afinal, que é que tem???

É. A mamãe foi muito legal por ter deixado a gente ir, né? Outra mãe era capaz de nunca deixar. E, no final das contas, agora que estamos aqui, no nosso quartinho lindo, com a nossa vidinha de volta, podemos dizer que valeu a pena. Foi muito bom mesmo. Não sei explicar, mas estou me sentindo muito bem, muito melhor do que antes, como eu nunca me senti. E muito feliz também!!

Eu também. Aliás, acho que vou pedir uma tripinha pro jantar. Tô quase, veja bem, quase com saudades.

Hahahaha. E eu vou fazer as malas pra gente ir para a Turquia agora.

Hahaha. Engraçadinha!

* * *

16 de fevereiro – estrada de mão dupla tudo que vai, volta!!!

Se prepara que você vai cair dura!!!

O que foi??

Você não vai acreditar.

O quê? Anda logo. Fala logo.

Lê este e-mail.

Ah, tô deitada. Lê pra mim.

Tá, mas se prepara, já falei que é casca grossa:

▶ ENTRADA
▶ SAÍDA
▶ RASCUNHOS
▶ ENVIADOS
▶ APAGADOS
▶ SPAM
▶ GRUPOS

ENVIAR

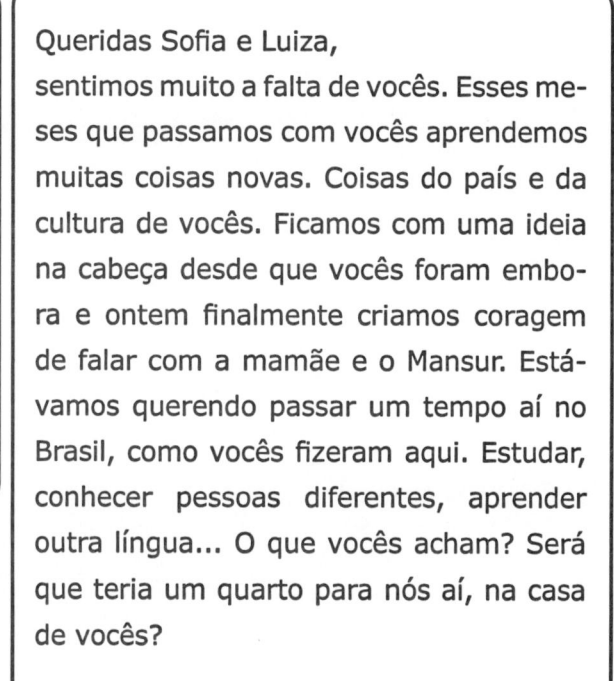

Queridas Sofia e Luiza,

sentimos muito a falta de vocês. Esses meses que passamos com vocês aprendemos muitas coisas novas. Coisas do país e da cultura de vocês. Ficamos com uma ideia na cabeça desde que vocês foram embora e ontem finalmente criamos coragem de falar com a mamãe e o Mansur. Estávamos querendo passar um tempo aí no Brasil, como vocês fizeram aqui. Estudar, conhecer pessoas diferentes, aprender outra língua... O que vocês acham? Será que teria um quarto para nós aí, na casa de vocês?

Um beijo da Chom Fa e da Nhang Jee

O quê????????????? Tô chocada.

Eu te falei!!!

Gente, que loucura é essa?

Eu avisei!

Você já falou com a mamãe?

Claro que não.

Será que a gente deve falar?

É isso que tô pensando.

Será que a gente vai conseguir sobreviver às nossas pseudoirmãs tailandesas aqui, dentro da nossa casa?

É o que estou me perguntando.

Hum.... mas de repente até que pode ser legal, hein?! Já pensou?

É. Acho que vai ser divertido sim. E, ainda por cima, a gente vai poder sair com elas à noite e fazer programas de mulher mais velhas, tipo adultas. E depois vai ser engraçado ver elas aprendendo a falar português. Aposto que vão ficar falando que nem uma criança de 5 anos de idade.

É mesmo. Vamos falar com a mamãe?

Vamos.

Aiiiiiiiiiii!!!!! Mas isso nem pensar!!!!!!!!!!!!!!!!!!!!!!!!!!!!! Nem por cima do meu cadáver!!!!!!!!!!!!!!!!!!! Que horror, da onde vocês tiraram essa ideia maluca???????? Foi a pior coisa que ouvi nos últimos tempos!!!!!!!!!!! Não, não e não!!!!!!!!!!! E nem mais uma palavra sobre isso!!!!!!!!!!!

Mamãe é osso duro de roer.

Eu te falei.

É, mas quando a gente falou em ir pra Tailândia foi a mesma coisa.

Ai, lá vamos nós. Tudo de novo. Outra guerra.

Não reclama, garota.

Tá. E você vê se não me enche!

Fechado.

Fechado.

* * *

Volta à escola: puro sucesso!!!!!!!!!!!

5 de março – É duro ser o máximo!!!

Numa boa, eu perdi a conta de quantas vezes você me encheu a porcaria do saco por causa do meu "apego" à minha câmera fotográfica. Só que, hoje, na escola, você viu o resultado, não viu??? Você pôde constatar de perto, com seus próprios olhos, o sucesso que minhas fotos fizeram, não foi? Você viu que a galera toda está usando os pingentes que trouxemos da Tailândia e já virou moda, não viu? Você viu que no recreio...

Eu vi, sua débi. É claro que vi. Eu tava lá também. E não se esqueça de que EU fiz o maior sucesso também traduzindo várias palavras para thai na hora. Porque, você sabe, cá entre nós, que eu sou um arraso no português, né? E minhas notas foram excelentes naquela escola só de gringos.

Vamos entrar nesse assunto de novo? Não, porque se você quiser, eu posso perfeitamente te lembrar o motivo das notas altas. Tem certeza de que vai querer discutir isso? Por mim, sem problemas!!!!

Ai, me deixa, garota. Não adianta que você não vai conseguir me provocar. Nada, absolutamente nada, pode estragar o meu humor hoje. Estamos no topo. Você não percebeu? Nossa volta à escola foi simplesmente triunfal!!!!! O recreio PA-ROU para escutar nossas aventuras. A campainha tocou e todo mundo lá parado, hipnotizado pelas nossas histórias. Nunca imaginei que ir passar uns tempos com o papai pudesse causar tamanha comoção!!!!

Anta, não foi ter ido passar uns tempos com o papai, mas, sim, viver seis meses num país completamente diferente! E com aquela família Adams de brinde!!

Hahaha, muito boa, essa!!! Agora, para de me interromper. Então, só que depois do recreio, você perdeu. A dona Teresinha veio falar comigo, você já tinha subido, se a gente não podia dar uma palestra sobre a nossa experiência. Pa-les-tra!!!!! Caraca! A gente virou o assunto da escola. Você se tocou da parada??

Palestra?! Gente, isso é que é sucesso mesmo. Ih, e eu vou poder projetar minhas fotos. Sophy, vai ser o máximo! Pelo menos pra alguma coisa tinha que servir tanta dificuldade que a gente passou lá.

Dificuldade?! Você tá pegando leve. Tivemos dias de total sofrimento, de horror, de rejeição, de medo, de saudade... Ai, mas agora que acabou é tão bom olhar para trás. A gente virou o jogo, Lu. Fomos chateadas com tudo aqui no Brasil e agora nossa vida é uma surpresa a cada dia. Eu vou dizer isso na tal palestra: que todo mundo devia passar por uma experiência dessas uma vez na vida pelo menos. Que, por mais difícil e sofrido que seja, vale a pena. Essa vai ser a minha mensagem: vale a pena arriscar.

Pois a minha vai ser... hum... não sei. Preciso pensar melhor sobre isso. Ah, Sophy, o que você acha de eu mostrar uns golpes de Muay Thay no fim da nossa apresentação? Tudo a ver!!!

Na-da a ver, você quer dizer, né??? A dona Teresinha disse que é pra gente falar sobre tudo o que viveu lá, não ouvi ela falar nada sobre fazer exibições pessoais. Além do mais, o Krup nem está aqui para você ficar dando o seu show.

Não coloca o Krup no meio disso, tá legal?

Ih, ficou nervosinha, é? Não posso falar do seu amor, é??? Ih... foi mal.

Não é nada disso. Sofia, me faz um favor? Me esquece, garota. Vai cuidar da sua vida.

Ué, eu tô tentando, mas você não deixa. Já reparou como você me interrompe toda hora? Meu Deus, segura essa ansiedade. Isso ainda vai acabar te atrapalhando seriamente. Hahaha.

Tá bom, Sofia, não tô com paciência pra suas gracinhas agora. Mas me diz uma coisa: quando vai ser a nossa palestra? Preciso me preparar, você sabe, selecionar as melhores fotos, colocar em ordem...

Amanhã.

Amanhã??????????????

Que foi, Luiza? Por acaso, você ficou surda agora?

* * *

6 de março – depois da brilhante apresentação

Caraca. Vai ser impossível alguém superar a gente. Porque simplesmente agora nós viramos a referência do colégio. Líderes. Ícones. Imagina se a Grude tivesse visto a gente hoje?! Nem ia reconhecer. Na boa, a Tailândia vai bombar agora. Hahaha. Você sabe exatamente o que isso significa??

Sei. Que a gente arrebentou. Mas não foi na apresentação. Foi realmente o que a gente fez. Sabe que talvez só hoje eu tenha me dado conta do tamanho do que fizemos??? Cara, a gente foi muito corajosa. E mais ainda, porque não desistimos, ficamos lá até o final, encarando tudo na moral mesmo. Isso é uma coisa que poucas pessoas conseguem fazer na vida. E até que a gente se divertiu também, vai?!

Lógico! E você viu a cara da mamãe lá no fundo, toda emocionada e orgulhosa?! Ela foi fofa. Sophy, posso te falar uma coisa? Eu nunca teria conseguido se você não estivesse lá comigo, em todos os momentos. Verdade. Você faz parte de mim. Nunca teria ido sozinha.

Eu também. Sem você, eu teria desistido com certeza. Teria voltado, e pior, depois ia me arrepender pelo resto da vida, achando que fui uma fraca...

Sophy, você é minha melhor amiga, melhor irmã, melhor tudo.

Você também. Ih, a mamãe chegou.

Mãe, vem aqui. A gente ama você. Você é a melhor mãe do mundo. Mãe!!!!

Mãããããããããeeeeeee!!!!! Eeeeeehhhhhh!

★ ★ ★

O mundo é mesmo redondo!!!!!!!!

20 de março – dia de receber e-mails do outro lado do mundo!

- ENTRADA
- SAÍDA
- RASCUNHOS
- ENVIADOS
- APAGADOS
- SPAM
- GRUPOS

ENVIAR

Querida Luiza,

tudo bem? Como vai a vida? Já entrou no ritmo da escola de novo?! Espero que sim. Não consigo parar de pensar em você um segundo. Todo dia, quando acordo, a primeira coisa que vem a minha mente é você, e, antes de dormir, eu sempre imagino você e dou boa-noite nos meus sonhos.

Você sabe que todo mundo aqui fica perguntando de você. O nosso professor de Muay Thai — Rõhk Poo Utai —, meu chefe, até minha mãe. Você é muito mais amada do que pensa.

Ontem eu tive uma ideia e queria te contar logo. Como existe um oceano entre nós, eu sei que você tão cedo não vai voltar pra cá, e eu não tenho como ir ao Brasil, pelo menos agora, então elaborei um plano. Vou começar a economizar, e guardar um pouquinho do meu salário todos os meses e, pelas minhas contas, daqui a uns 15 meses consigo o dinheiro necessário para ir aí te visitar. O que você acha????

Lu, você é a mulher da minha vida e eu não quero te perder nunca. Penso em você o tempo todo. A Tailândia sem você não tem mais sentido. Pode me esperar, que eu vou atravessar esse mar todo só para te ver de novo.

Beijos eternos do seu Krup

- ENTRADA
- SAÍDA
- RASCUNHOS
- ENVIADOS
- APAGADOS
- SPAM
- GRUPOS

ENVIAR

Querida Sofia,

como você está? Eu estou com muitas saudades. A escola nunca mais foi a mesma depois que você foi embora. Era tão bom te ver todos os dias, a gente conversar, tirar as dúvidas, eu poder te falar de coisas daqui da Tailândia que você ainda não sabia, passear com você... Ah, que saudade!! Eu sei que a gente se fala no MSN, skype etc., mas como eu queria te perguntar uma coisa mais séria que estou pensando há semanas, resolvi escrever, porque assim dá para eu me expressar melhor, com mais calma.

Hum... como vou dizer?? É que em julho eu vou visitar uma tia minha nos Estados Unidos e vou ficar lá um mês. Papai está envolvido com uma questão no Oriente Médio e disse que ia ser bom eu ir para fora enquanto ele estiver viajando nesse período. E eu pensei que você podia me visitar, assim a gente se encontrava e você conhecia outro país, já que, eu me lembro bem, em julho são as suas férias. O que você acha? A minha tia disse que tem um quarto só para você lá. E, se você quiser, Lu ou a sua mãe podem ir também. Assim você não fica totalmente sozinha.

Ah, minha querida Sophy, quero tanto te ver de novo! Me promete uma coisa: que você vai pensar na minha proposta, com todo o carinho do mundo? Eu espero sua resposta o tempo que for preciso.

Beijos do seu George

Sophy, você não vai acreditar quem escreveu um e-mail enorme e lindo para mim!!!!

Hum... deixa eu pensar... Será que foi Krup?! Nossa, que coisa difícil, precisei pensar uns dois segundos pra adivinhar! Hahaha.

Ué, como você sabia? Ah, só se o...

Exatamente. O George também escreveu um e-mail enorme e lindo para mim.

Que coincidência!!! Será que eles combinaram??? Mas eles nem são gêmeos... Não entendi.

Ah, relaxa. Não precisa entender. Só curtir.

Quem te viu e quem te vê, hein, dona Sofia! Pra quem precisava sempre entender e esmiuçar tudo racionalmente, até que você tá parecendo mesmo outra pessoa. O que um amor não faz na vida da pessoa!!!!

Ah, é? E é só na minha vida, na sua não?! Até parece, Lu! Olha só para você! Aí, toda se derretendo, com um sorriso idiota na cara, toda mole... Eu sinceramente não sabia que a paixão afetava uma pessoa dessa maneira, que alterava o equilíbrio psíquico e físico.

Ah, tá, e você por acaso tá muito diferente, né?! Se olha no espelho antes de falar, valeu?! E, para a sua informação, estou, sim, muito feliz, porque o Krup disse que estava morrendo de saudades minhas, com tantas saudades que ia começar a juntar dinheiro para um dia vir ao Brasil.

Que legal! O George me chamou para encontrar com ele no meio do ano nos Estados Unidos, que ele vai passar um mês lá visitando uma tia. Será que a mamãe me deixaria ir?!

Ih, vai começar tudo de novo. Já vi esse filme. Ouviu? Chegou mais e-mail. Será que são eles de novo?!

- ENTRADA
- SAÍDA
- RASCUNHOS
- ENVIADOS
- APAGADOS
- SPAM
- GRUPOS

ENVIAR

Queridas Luiza e Sofia,
escrevo para dizer que mesmo longe continuo me preocupando com o bem-estar de vocês. Os meses que passamos juntas foram muito bons, e eu também aprendi muitas coisas. O pai de vocês não para de falar das "meninas", como ele chama vocês. É "as meninas isso", "as meninas aquilo", a casa ficou muito vazia sem a presença alegre e contagiante das gêmeas brasileiras. Até dona Mee, que não é de comentar muito, no outro dia veio conversar comigo sobre vocês.
Bom, era só para dizer isso. Espero que esteja tudo bem mesmo com as duas.
Com os melhores cumprimentos e saudações da sua tutora,

Luh Lai

Queridas "filhas postiças",
tenho muitas saudades de vocês, mas sei que devem estar felizes de estarem de volta à casa, à mãe, às amigas, à vida de vocês. Chom e Jee estão impossíveis de conter, numa ansiedade e animação que não me lembro da última vez que as vi assim. Talvez, só quando elas começaram a namorar mesmo. Bom, não importa, o que quero dizer é agradecer por receberem minhas filhas de braços abertos, aí na casa de vocês. Sei exatamente o que isso significa. E, por favor, transmitam meus sinceros agradecimentos à mãe de vocês.
Mais alguns dias, e elas estarão chegando. Estou um pouco apreensiva, pois elas nunca saíram do país, não sei se vão se adaptar bem, entender a língua... Agora imagino o que a Belisa sentiu quando vocês vieram pra cá. Ainda mais vocês sendo tão novinhas...
Bom, espero que tudo corra bem na viagem das minhas "garotas".
Obrigada por tudo,

Um beijo enorme da Mee

25 de março – vai começar tudo de novo!!!!!

Nem acredito que a gente tá aqui de novo no mesmo aeroporto de onde partimos para a Tailândia.

Nem eu. Me dá até um frio na barriga.

Será que elas vão chegar destruídas que nem a gente?

É lógico, né?! Nenhum ser humano pode chegar bem depois de quase trinta horas de viagem.

Isso é. A mamãe tá meio tensa, né?

Claro, ela não conhece a Chom e a Jee, não sabe como elas são, e todo mundo na mesma casa... Você viu como foi difícil convencer ela a deixar, não viu?! Acho que ela só deixou mesmo por causa do papai, porque ele, ele não, a Mee, fez o mesmo pela gente, no final das contas.

Ai, ai, tomara que dê tudo certo. Afinal, a gente botou a maior pilha... Se alguma coisa der errado, você sabe de quem vai ser a culpa, não sabe?

Sei. Mas posso te falar uma coisa? Você sabe qual vai ser a primeira coisa que eu vou fazer?

Não.

Vou fazer um tour gastronômico com as garotas tailandesas.

Pra começar, uma buchada "light" de bode. Depois, dobradinha, e para finalizar, de sobremesa, rapadura. A mais dura possível. Hahaha.

Hahaha, boa. Ei, você me deu uma ótima ideia. Vou pesquisar na internet as comidas mais esquisitas do Brasil e vamos dizer a elas que comemos sempre, tipo que é superbom e que elas precisam experimentar. Haha.

Hahaha. Igualzinho fizeram com a gente. Vai ser divertido.

Ih, olha lá. Elas chegaram!!!!!

Tão saindo. Vamos logo!!! Chommmmmmm...

Jeeeeeeee...

TCHAU!!!!!
QUER DIZER,
LAH GÒRN NÁ!!!!!

ลาก่อนนะ

Impressões de viagem

No templo do Grande Buda Azul com o monge Vragananda Sri Rinpoche. O máximo!!!!!!

Foto tirada minutos antes de Sophy cair do elefante e quebrar a perna!! Coitada!!

1000
1000
1000
1000
1000
SAPHAN KHUAI
PRATU NAM
DIN DAENG
SIAM

Na Tailândia tudo é diferente!!!

Na academia de Muay Thai com nosso professor e Lu com seu love, Krup.

CUIDADO COM A GENTE!

Hahahaha!!

Nossa viagem arrebentou!!!!

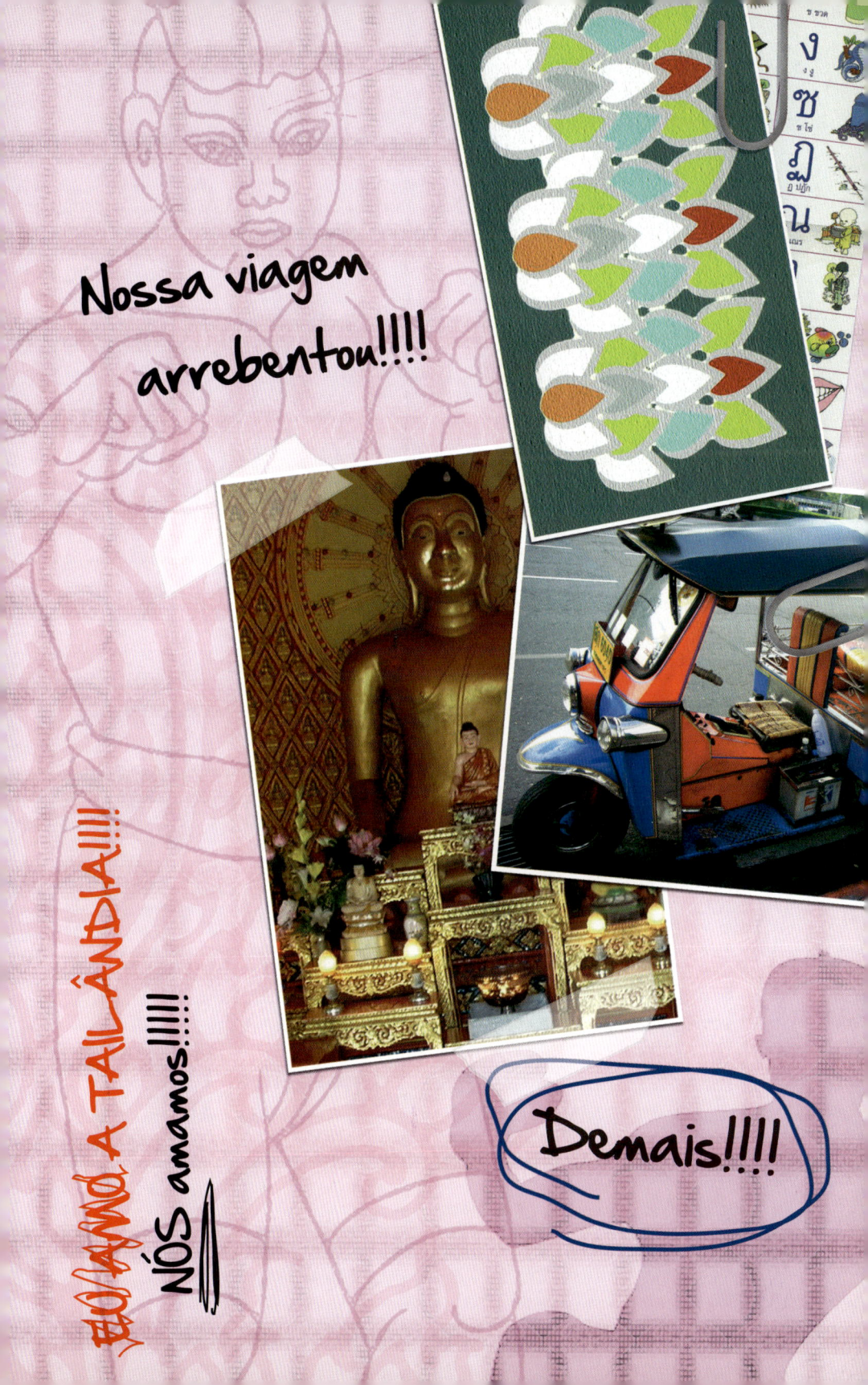

EU AMO A TAILÂNDIA!!!!
NÓS amamos!!!!!

Demais!!!!

No museu do antigo Sião.

IMPRESSIONANTE!

Resolvemos fazer algumas considerações finais, caso vocês estejam pensando em se meter numa aventura desse tipo.

É, vamos dar umas dicas e explicar algumas coisas que de repente não ficaram muito claras.

A primeira coisa é para lembrar que publicamos nosso diário depois de voltarmos, e como já falamos, só deixamos as melhores, as coisas mais interessantes.

Sobre os e-mails, é claro que a mamãe nos escreveu to-dos os dias, to-das as horas, mas como mãe é tudo igual, e não tinha espaço para colocar tudo, eliminamos alguns.

Assim como os MILHARES de e-mails que recebemos das nossas amigas, porque senão ia ser um livro só com as mensagens delas.

Sabe o que eu mais gostei? É que a Tailândia é o único país no Sudeste Asiático que sempre foi independente. E isso de thai significar livre tem tudo a ver. Agora, nós somos a Lu Thai e Sophy Thai. Até que combina, né???

Outra coisa importante de dizer. Passado o choque inicial, até que o país é lindo mesmo. Palácios, antigas civilizações, uma cultura realmente diferente, as praias que parecem paraísos de filmes, as pessoas...

Agora, vamos parar com a enrolação e fazer o nosso checklist. O que REALMENTE se deve saber antes de uma viagem assim e o que não pode faltar!

Itinerário

Uma coisa óbvia, mas que ninguém nunca disse, é que as coisas (todas) NUNCA vão ser como você imagina. Os percursos são sempre mais longos, você se perde o tempo todo e não adianta ficar fazendo planejamentos mirabolantes, querendo prever tudo nos mínimos detalhes, como a Sophy adora, porque na hora H dá TUDO errado!!! O lance é viver um dia de cada vez, ver o que vai acontecendo e pronto. Tipo aprender a simples verdade de pensar simples com a sua cabeça.

Memórias da viagem

Hum... A memória mais impressionante que carrego é o primeiro dia que passamos no centro da cidade, porque chegamos a ficar tontas de verdade. Primeiro, achei aquilo o lugar mais feio que já tinha visto em toda a minha vida. Depois, nunca vi tanta gente junta, se mexendo, camelôs, cheiro de comida, poluição, barulho... Mas passado o trauma inicial, levo tantas lembranças boas, tanta coisa dentro de mim, que é como se tivesse até aumentado o meu tamanho por dentro. Porque tenho um mundo dentro de mim, um mundo de imagens, de ideias, de sentimentos... Acho que deve ser isso que as pessoas chamam de "memórias de viagem". Nada mais é do que tudo que ficou em você. Só quem passa por experiências assim pode saber exatamente o que é.

Fotos micadas

Eu tirei muitas fotos micadas, seja porque estava mexendo muito na hora que eu tirei, seja porque a luz tava ruim, porque ficou sem foco, porque não prestei atenção direito... Não importa. Porque acho que faz parte também de qualquer viagem decente um monte de fotos estragadas, nem que seja para você rir depois. Os erros fazem parte também. E quando não tem ninguém enchendo o teu saco (vou desconsiderar a Sofia nesse caso), você pode arriscar, experimentar tirar fotos loucas e numa dessas saem umas fotos incríveis também.

Na verdade, poderia resumir que não existe viagem sem fotos. Ainda mais numa viagem longa assim. Aliás, não existem viagens sem fotos e sem micos também. E a quantidade de furos e micos que eu e a Lu pagamos não dá nem para contar. Mas e daí? Alguém morreu? Então, pronto!!!

O que JAMAIS se deve fazer

As lições mais duras aprendemos na marra.

Mas pode ficar tranquila porque vai sempre ter alguém mala para te ensinar o que é certo, te humilhar e dar uma bela de uma bronca. Faz parte também. A única coisa é que você está fora de casa, muito mais sensível, e parece que o mundo acabou de desabar.

É, se você ficar com vontade de chorar, chore. Mas talvez a única coisa mesmo que jamais se deve fazer é agredir as pessoas ou dizer coisas graves sem pensar. Porque depois você se arrepende, mas a outra pessoa não esquece. E daí, por um momento tenso, o resto da sua viagem fica todo comprometido.

É, isso é um bom conselho. Mesmo que os outros te provoquem, não reaja muito. Porque você está do outro lado do mundo, não sabe muito bem as regras ainda... Na dúvida, converse com uma pessoa de confiança, uma amiga, ligue para sua mãe...

O resto é normal. Você não é obrigada a saber tudo, nem acertar sempre. Aliás, a gente não está ali para aprender mesmo?! Então!!!

Conclusão

Vá viajar e seja feliz. Toda viagem vale a pena. Quanto mais longe, quanto mais exótico for o país, melhor. Você tem a chance de ver coisas que nunca nem pensou que existiam e na volta ainda tira onda com tudo e com todos.

E quando pensar em desistir, lembra da gente, e fica até o final. A gente não pode ser uma garota fraquinha, toda bobinha. Força, garotas!!!!! E coragem!!!!

Mantra do viajante

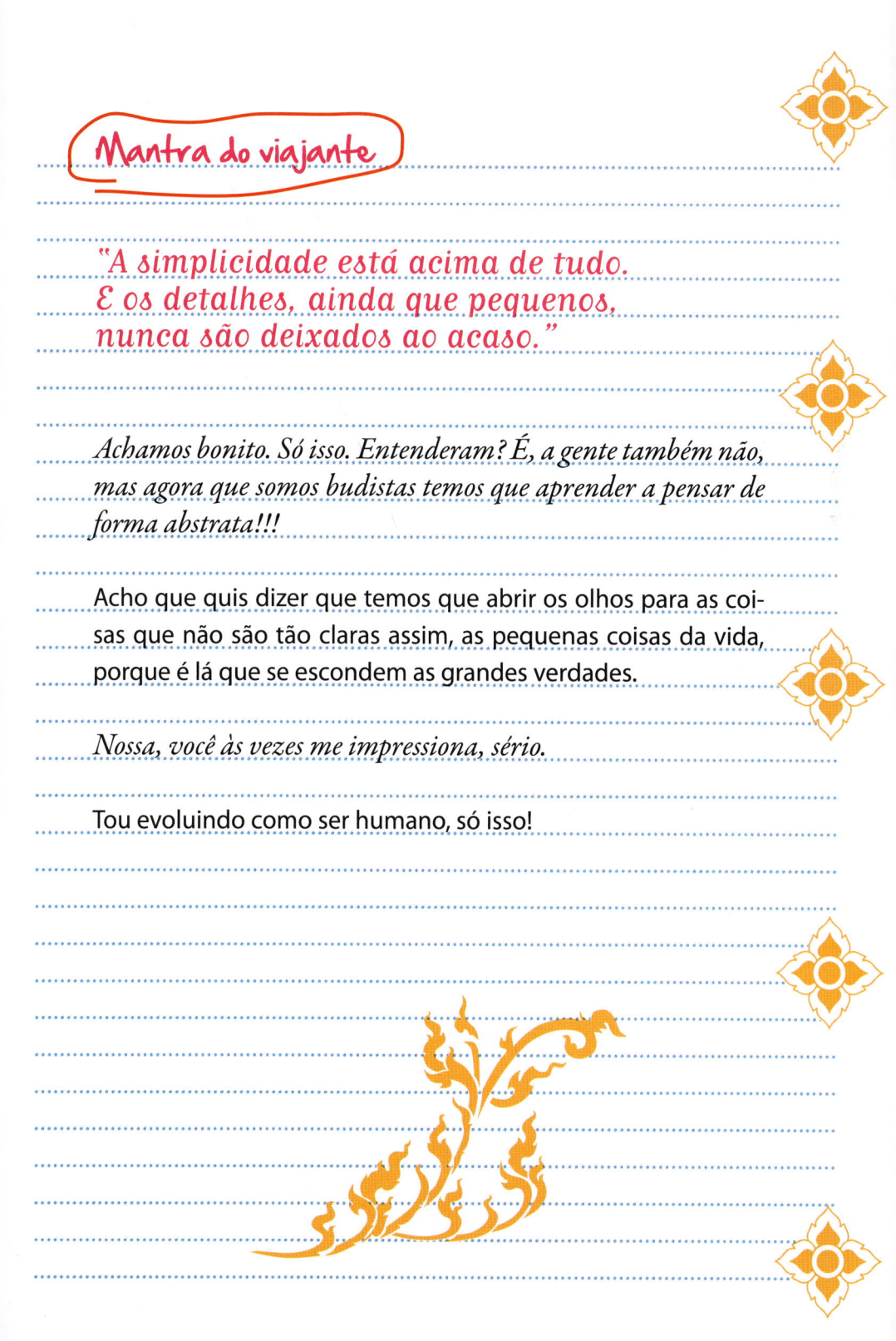

*"A simplicidade está acima de tudo.
E os detalhes, ainda que pequenos,
nunca são deixados ao acaso."*

Achamos bonito. Só isso. Entenderam? É, a gente também não, mas agora que somos budistas temos que aprender a pensar de forma abstrata!!!

Acho que quis dizer que temos que abrir os olhos para as coisas que não são tão claras assim, as pequenas coisas da vida, porque é lá que se escondem as grandes verdades.

Nossa, você às vezes me impressiona, sério.

Tou evoluindo como ser humano, só isso!

Este livro foi composto na tipologia Garamond Premier
Pro corpo 14 e Myriad Pro corpo 12, e impresso no Sistema
Cameron da Divisão Gráfica da Distribuidora Record.